나는 가끔 내가
── 싫다가도 ── 애틋해서

# 나는 가끔 내가
## —싫다가도—애틋해서

투에고 지음

후회와 미련이 새벽을 삼켜도
수많은 아침이 너를 기다리고 있어

위즈덤하우스

## 오래전의 나를 다시 바라보는 일

지난 시간들을 돌아보면 수많은 모습의 내가 있다. 영원할 것만 같던 순간도 시간이 흐르면 어김없이 아련한 과거가 되고, 그 과거를 떠올리는 시점에 따라 피어오르는 감정도 제각각이다. 그때의 나도, 지금의 나도 똑같은 나인데, 오래전의 나를 떠올리면 마치 다른 사람처럼 낯설다. '왜 그때는 알지 못했을까' 하는 아쉬운 후회 속에 나를 가두기도 하고, 당시엔 가볍게 여겼던 일상이 불현듯 사무치게 그리워지기도 한다.

우리가 지금 바라보는 '나'는 그 수많은 감정의 조각들로 이루어진 집합체다. 좋았던 기억은 우리를 미소 짓게 하지만, 아팠던 기억들은 그 끝이 날카로워 자꾸만 가슴을 쿡쿡 찌른다. 마음을 다치지 않으려면 시간이라는 사포로 매일 닳고 닳도록 문질러야 뾰족한 부분이 조금씩 무뎌질 것이다.

세상이 끝난 것처럼 아파하던 날들도, 미친 사람처럼 울부짖던 날들도, 세월이 흐르면 거짓말처럼 희미해지듯이.

이번 책은 지난날 나를 울리고 웃게 한 장면들을 하나하나 들추어보며 적어온 3년간의 기록이다. 과거에 대한 미련 때문도, 후회 때문도 아니다. 내가 누구였는지, 어떤 사람이었는지, 더 희미해지기 전에 기억해두기 위해서다. 한때 열렬히 사랑하고, 지독하게 아파하고, 시간이 멈췄으면 할 정도로 행복해했던 시절이 내게도 있었음을.

그 모든 시간을 거쳐왔기에 지금의 내가 있음을 이제는 안다. 다시 무엇으로 인해 아파하고 슬퍼하고 괴로워하더라도, 그 시간을 통과하고 나면 얼마쯤 더 나은 내가 될 거라는 것도.

차례

## PART 1

## 지나고 나면
## ___아무것도___아니지만

PART 2

## 잊고, 잃고,
## ___가끔___그리워하고

PART 3

# 혼자 있는
## ___시간에___익숙해지면

## 나만은 나를
### ___믿고___걸어가기로

PART 1

지나고 나면
＿＿아무것도＿＿아니지만

## 인생이 통째로 하나의 꿈이라면

유난히 몸이 무거운 날이었다. 잠시 침대에서 쉰다는 것이 그대로 곤히 잠들어버렸다. 슬픔과 행복이 교차하는 아주 긴 꿈을 꿨다. 그 속에서 이제는 얼굴조차 어렴풋한 옛사람들과 자연스러운 일상을 보냈다. 너무나 생생해서 현실 같은 꿈. 눈을 떠보니 두 시간 남짓이 지나 있었다. 적막한 방에서 한동안 정신을 못 차린 채 생각에 잠겼다.

인생이 통째로 하나의 꿈이라면, 나는 그 안에서 두 개의 꿈을 꾸고 있는지도 모르겠다. 수면 중의 꿈과, 우리가 현실이라 부르는 곳에서 목표를 향해 나아가는 꿈. 세아무리 뛰어난 능력을 갖추고 있을지라도 꿈을 지배할 수는 없다. 악몽에서 벗어나기 위해 안간힘을 다해도 쉽게 나아갈 수 없고, 단꿈 속에 머물고 싶어도 결국 때가 되면 깨어나게 마련이니까.

아무리 가진 것이 많아도,
현재가 고통스러워 불행할지라도
지나고 나면 한낱 꿈일지도 모른다.

그러니 세상살이라는 그림자에
너무 잠식당할 필요는 없다.

## 첫사랑

앞만 보고 있는 너의 뒷모습만
오랫동안 그윽하게 바라보다가
우연히 우리는 눈이 마주쳤다.

막상 고혹한 너의 눈동자와 마주하니
심장이 쿵쾅거려 눈길을 피하고 말았다.

그러다 당연히 앞만 보고 있을 거라 생각하고
다시 너를 쳐다봤는데
뒤돌아 나를 보고 있었다.

"그녀를 너무 사랑해서 목숨까지도 줄 수 있었어. 하지만 2년 뒤에는 이름조차 기억할 수 없었지. 단언컨대 시간이 모든 걸 해결해줄 거야."

영화 〈그랑블루〉에서 엔조 역을 맡은 장 르노의 대사다. 중후하고 담담한 목소리에서 절제된 슬픔이 전해져왔다. 개인적으로 이 영화의 결말은 썩 좋아하지 않지만, 유독 이 대사는 뇌리에 박혀 아직도 생생히 기억난다.

드넓은 세상 속 주인공이 '우리'이던, 그저 '사랑'이라는 단어 하나가 전부이던 시절이 내게도 있었다. 두근거리는 심장과 피어오르는 설렘에 밤잠을 설쳤고, 어둠이라는 새까만 도화

지에 상상의 나래를 펼쳤다. 수많은 이야기의 결말은 우리가 함께하는 것이었다. 적어도 그 순간만큼은 그랬다.

수십 년이 지난 지금, 그때의 바람은 꿈결처럼 아득하다. 분명 죽을 만큼 사랑했었는데, 어떤 마음이었는지도 잊어버린 지 오래다. 심지어 얼굴도 떠오르지 않는다. 그때의 감정을 글로 표현할 수는 있지만, 가슴속에서 끓어오르는 열병처럼 뜨거운 감정은 느낄 수가 없다.

무정한 세월은 내게서 기억을 비롯하여 감정마저 앗아갔다. 아마도 세월이 더 흐른 뒤에는 일말의 애틋함만 남아 있을 것이다. 믿고 싶지 않았던 한 영화의 대사처럼 말이다.

대개 첫사랑은 실패하지만 아름답다고 말한다. 세속에 때

묻지 않은 순수한 시절이라 그런 걸까, 이루지 못한 데서 오는 미련일까. 아니면 아득해진 기억을 포장하여 왜곡하고 싶은 마음일까. 사람마다 다르겠지만, 나는 어떤 사랑이든 구태여 아픔을 아름답다고 미화하고 싶지 않다. 물론 그 기억 자체는 소중하다. 비록 자신이 만들어놓은 환상은 깨졌을지언정, 길지 않은 삶에서 그런 감정을 느낄 수 있는 건 그때뿐이니.

다만, 전제가 있다.
그걸 다시 열어서는 안 된다.
꿈은 꿈일 때 아름다울 뿐이고,
현실에서는 그저 몽상에 지나지 않으니.

뜨거웠던 것들은 언제 그랬냐는 듯
점점 식어갈지도 모른다.

하지만 아무리 오랜 시간이 흘러도
마음속 어딘가에 그 자국은 남아 있다.

## 추억이 아름다운 이유

앙상하지만 생기가 돋아나는 나뭇가지
그 속에서 돋아나는 꽃봉오리

하루, 이틀, 사흘, 나흘
점점 기지개를 켜는 꽃봉오리

봉오리 속에 꽁꽁 싸매어져 있던
아련한 연분홍빛 추억

행여 되살아날라
피지 마라, 피지 마라
외쳐봐도 아름답게 피어오르는 벚꽃

눈부시게 아름다운

꽃비가 되어 흩날린다.

한때 영원할 것만 같았던 연분홍빛 세상은
마치 처음부터 없었던 것처럼
부슬부슬 내리는 봄비와 함께 저물어간다.

우리의 기억 속에서나 영원할 뿐.

혹독하게 기승을 부리던 동장군이 자취를 감추자 얼었던
것들이 사르르 녹기 시작한다. 아울러 곳곳에서는 봄이 오
는 소리가 들려온다. 처마 밑에 매달린 고드름 끝에는 물방

울이 맺혀 뚝뚝 떨어지고, 앙상한 나뭇가지에는 조그마한 봉오리가 맺히더니 봉긋이 부풀어 올라 고개를 활짝 펼친다. 정말이지 봄꽃은 엄동설한이 길었던 만큼 찬연하게 다가온다. 그중에서 나는 만개한 꽃잎들이 낙화하며 휘날리는 벚꽃이 제일 좋다.

매년 개화 시기인 삼사월쯤, 벚꽃 터널을 방불케 하는 가로수 길을 지날 때면 늘 묘한 기분이 든다. 최면에 걸린 것처럼 지난 시간 속으로 빨려 들어가는 기분. 누군가와 함께한 아련한 연분홍빛 추억이 걸을수록 선명해지고, 동시에 오만 가지 감정이 꿈틀꿈틀 일렁이기 시작한다. 희비가 교차하는 그 느낌을 어찌 표현해야 할지 모르겠다. 당시에는 행복했을지언정 지금은 그만큼의 슬픔이 차올라서다.

추억이란 무엇이기에 시간의 흐름에 따라 이토록 다른 색채로 변해버리는 걸까. 제아무리 날카롭고 아프고 칼날같이 뾰족했던 순간의 조각도 세월이 흐를수록 닳고 닳아 무뎌지고 어렴풋해져간다. '그때라서 그랬던 거야'라며 기억마저 왜곡된다. '그때의 나'와 '지금의 나'는 다른 인물이라 말해도 어색하지 않을 정도로 말이다. 간혹 이런 자신이 낯설게 다가오기도 하지만, 이 역시 우리 삶을 지탱하는 또 하나의 순리일지도 모른다.

언제나 그랬듯 길다면 길고 짧다면 짧은 연분홍빛 세상은 많은 여운을 남겨준 채 시간의 뒤안길로 사라진다. 누군가와 함께 기쁨에 젖어 행복했던 순간도, 지독하게 아팠던 순간도 마찬가지다.

어쩌면 추억이 아름다운 이유는
사시사철 피어 있는 것이 아니기에
눈부시게 보이는 건지도 모르겠다.

관계의 끝을 직감하는 순간

진저리 날 정도로 싸우다가
매번 같은 말만 되풀이하다 보면
소원해진 관계가 나아질 거라는 기대마저
싹 사라져버린다.

둘 사이를 맴도는 것은
오로지 차디찬 침묵뿐.

그제야 우리는 고민한다.
닫힌 마음을
완전히 걸어 잠글지, 말지.

만일 철문이 굳게 잠긴다면
열쇠를 찾는 일은

그야말로 하늘의 별 따기다.

그래서일까,
새로이 누군가를 만나는 것보다
관계를 회복하는 일이 더 어렵다.

안 좋았던 기억들이
하나하나 머릿속에 파편으로 남아
틀어진 우리 사이를
꽉 사로잡고 있는 것만 같기에.

## 그때는 그랬다

"네가 나를 길들인다면 난 너에게
하나밖에 없는 존재가 될 거야."

"네가 4시에 온다면
난 3시부터 행복해지기 시작할 거야."

— 생텍쥐페리, 『어린 왕자』 중에서

학창 시절 『어린 왕자』에서 가장 좋아했던 구절이다. 여우의 주옥같은 말을 오래도록 간직하고 싶은 마음에 페이지를 고이 접어놓았다. 기약이 있는 행복한 약속은 그 시간이 다가

올수록 기다려질 수밖에 없다. 어떤 옷을 입을까, 어디서 무엇을 할까, 무슨 말을 건넬까, 소소한 고민으로 시작된 자그마한 설렘은 만날 때까지 멈추지 않는다. 함께한 시간은 꿈결같이 흘러가며, 헤어지고 나서도 애틋한 여운이 쉬이 가라앉지 않는다. 밀려오는 아쉬움은 어쩔 수 없지만, 그 사람과 또 다른 행복을 약속한다면 그때까지는 충분히 기다릴 수 있다.

그 과정 속에 수많은 연락이 오간다. 지난날의 나는 혹시나 문자가 왔을까 싶어 핸드폰을 뚫어지게 쳐다보는 날이 부지기수였다. 긴 시간 동안 아무런 연락이 없으면 습관처럼 폴더 폰을 장난감 다루듯이 열었다 닫았다 반복했다. 마음이 초조해질수록 딱딱 들려오는 둔탁한 소리는 더 빨라졌다.

'내가 말을 잘못한 걸까?'

'혹시 부담되지는 않았을까?'

'내가 별로면 어떡하지?'


온갖 잡생각이 꼬리에 꼬리를 물고 이어졌다. 하지만 기다리
고 기다리던 메시지가 도착하면 삽시간에 걱정은 깡그리 사
라졌고, 입가엔 배시시 웃음만 새어 나왔다. 기다림 끝에 찾
아온 달콤한 행복. 답장을 보낼 때도 심혈을 기울였다. 짧은
내용임에도 불구하고 적었다 지우기를 얼마나 반복했는지
모른다. 제아무리 고심해도 전송 버튼을 누르면 후회가 드
는 경우가 다반사였다. 어림잡아 그렇게 주고받았던 메일이
수백 건, 문자 메시지는 수천 건은 될 것이다.


그때는 온종일 핸드폰만 보면서 문자만 보내도 좋았다. 별거

아닌 한마디에도 세상이 달라졌다. 주고받은 메일을 몇 번이고 다시금 읽어보는 것만으로도 좋았다.

그때는 그랬다.
나에게도 그런 날들이 있었다.

스무 살

다채로운 빛깔을 가진 불꽃이
가장 찬란하게 활활 타오르던 때인
스무 살의 기억은 너무나 소중하다.

우리는 영원히 스물일 수도,
청춘일 수도 없어서다.

5, 4, 3, 2, 1, 땡! 설렜던 카운트다운이 끝났다. 제야의 종소리가 울려 퍼지기가 무섭게 우리는 성인이 되었다는 사실에 환호성을 질렀다. 그 안에는 속박에서 벗어났다는 해방감과 함께 동경해왔던 새로운 세계를 마주할 수 있다는 기대가

담겨 있었다. 열아홉과 스물은 한 살 차이밖에 안 나지만, 실제로 느끼는 차이는 크다. 아무래도 술과 담배를 살 수 있는 법정 연령의 경계이기 때문이다.

밤이 깊어갈수록 시내의 술집 골목에는 또래 친구들로 가득했다. 오색찬란한 불빛들로 이루어진 풍경 속 주인공은 단연 우리였다. 시끌벅적한 분위기와 술에 취해 마음껏 자유로움을 만끽했다. 그렇지만 그 와중에 사뭇 진지한 이야기도 나눴던 것으로 기억한다. 이다음에 꼭 다 같이 성공한 뒤에 건물을 사서 각 층에서 각자 하고픈 일을 하자는 그런 내용이었다. 세상 물정 모르는 풋내기들이 그럴싸하게 어른 흉내를 내본 것 같다. 그해는 정말이지 술로 시작해서 술로 끝났다고 말해도 과언이 아니다. 눈을 뜨고 일어나서 정신을 차리면 또 술을 마시고 있을 정도였으니까. 당시에는 하나의 소소한 즐거움이었는지는 모르지만, 지나고 나니 아쉬움만 남을 뿐이다.

스무 살이 된다는 건 강에서 헤엄치던 연어가 처음으로 사회라는 바다로 나온 것이나 다름없다. 광활한 대양으로 나아가기 위해서는 방향을 정해 도약할 준비를 해야만 한다. 그곳에 정체하여 물 만난 고기처럼 축제만 벌이다가는 막이 내린 뒤 감당할 수 없는 공허함만 밀려올 뿐이다.

스무 살은 사회적으로는 어른이지만, 정신적으로는 어른이 아닐 수도 있는 나이다. 헤르만 헤세의 소설 『데미안』의 구절을 빌려 말하자면, 새는 알을 깨기 위해 투쟁하며, 알은 곧 세계라고 한다. 태어나기 위해서는 그 세계를 깨뜨려야 하는 것이다. 우리는 날 때부터 거대한 알 속에 갇혀 있다.

인지조차 못 한 채로 사는 이도 있으며, 성인이 되어서도 타의든 자의든 그 안에 갇혀 있는 이들도 있다.

그 누구도 완전한 어른이 될 수는 없겠지만,
어른이 되기 위한 투쟁의 첫 단추는
일단 '나'를 둘러싸고 있는 알을 깨고 나오는 일이다.

## 헤어진 그 다음 날

뜬눈으로 밤을 지새웠다. 긴 정적을 깨는 알람이 울리고 나서야 습관처럼 일어나 창문을 열어젖혔다. 초겨울의 차가운 공기가 방 안을 가득 메웠고, 아침을 시작하는 사람들과 참새들이 지저귀는 소리가 들려왔다. 그런데 내 세상의 시계는 멈춰버린 것처럼 망연했다. 몇 번이고 또르르 태엽을 되감아봐도 굳어버린 몸은 미동도 하지 않았다.

그동안 몸에 밴 본능이었을까. 출근 시간이 다가오자 손발이 저절로 움직이기 시작했다. 정확히 기억나지는 않지만, 정신을 차렸을 때는 이미 일을 하고 있었다. 분명 간밤에는 온갖 감정의 소용돌이 속에서 시름시름 앓았는데, 다음 날의 나는 평소처럼 사람들과 밥을 먹고 일상적인 이야기를 주고받으면서, 전날 밤의 감정을 일절 내색하지 않았다. 아니, 오히려 평소보다 더 밝았던 것 같다.

유난히 쾌청했던 그날도 어김없이 땅거미가 내려앉았다. 여느 때처럼 퇴근하고 집으로 돌아가기 위해 운전대를 잡았다. 기분이 참 묘했다. 분명 고장 난 나의 태엽이 돌아가지 않아야 할 텐데, 그럼에도 불구하고 하루를 잘 버텨내고 있어서였다. 공연스레 울울한 마음에 슬픈 노래를 틀었다. 그제야 진종일 꾹꾹 눌러 담았던 감정들이 숨도 못 쉴 만큼 엄습해왔다. 곧장 집으로 갈 수가 없었다. 목적지도 없이 그저 의식의 흐름대로 운전을 했다. 한두 시간을 달렸을까. 밤바다가 훤히 보이는 곳에 이르렀다.

인적이 드물어 너무도 고요했다. 차창을 열어젖히자 철렁철렁 일정한 간격으로 치는 파도 소리가 내 가슴을 찌르는 듯 강타해왔다. 지평선 너머 희미한 불빛이 지난날 같았다. 눈앞에 아른거리지만 깊은 바다가 그 사이를 가로막고 있어

닿을 수가 없는. 괜스레 마음이 더 아려와 음악 볼륨을 높였다. 눈을 감고 한참을 슬픔의 바다에 빠져 있었다.

얼마나 허우적댔는지는 헤아릴 수 없다.

또 어느새 정신을 차리니 집으로 향하고 있었고
또 어느새 정신을 차리니 출근하고 있었고
또 어느새 정신을 차리니 바다로 가고 있었다.

수십 번 반복한 뒤에야
비로소 원래의 일상으로 돌아올 수 있었다.

오랜 세월이 흘렀다.
간혹 그때 플레이리스트에 있던 곡이
라디오나 카페에서 흘러나오면
당시의 기억이 희미하게 떠오른다.

어딘가 좀 아릿한 느낌이 들긴 하지만,
그다지 슬프지는 않다.
잠시 멈칫하긴 해도 하던 일을 이어나가니까.

이 모든 걸 진작 알았더라면

나의 전부를 알고 싶다 해서 털어놓았는데
후에는 그게 우리 사이를 갈라놓더라.

한때는 그렇게나 사랑했던 사람이
어느새 차단 목록에 있더라.

영원한 것이라 믿었던 것들은
거의 다 유효기간이 있더라.

예전에는 눈앞만 보고 걸었는데
이제는 드높은 하늘만 우러러보게 되더라.

그렇게나 아팠던 순간이
지나고 나니 별거 아니더라.

## 있는 그대로를 본다는 것

네가 만들어준 환상과
내가 만들어놓은 환상은
서서히 걷히게 마련이야.

우리가 그토록 힘들었던 건
서로가 만들어놓은 환상을
사랑했기 때문인지도 몰라.

뭐든 있는 그대로 봐주는 일이 제일 힘들어.

## 과거에 살지 말 것

어떤 상황에서도 '미래에 대한 희망'을 품고 사는 긍정적인 개츠비. 나아가 자신의 과거마저 모두 바꿀 수 있다고 믿었던 그는 마지막에 가서 끔찍한 죽임을 당한다. 『위대한 개츠비』를 읽고서 과히 비극적인 결말에 충격이 컸던 나는 한동안 골똘히 생각에 잠겼다. 많은 것을 가졌음에도 한 여인을 위한 지고지순한 사랑이 전해져와서 더욱더 슬펐다. 어쩌면 미국의 작가 스콧 피츠제럴드는 개츠비를 통해 과거를 쉽게 돌이킬 수 없다고 말하고 싶었는지도 모른다.

시간은 흘러감에 따라 많은 것을 바꾸고 변화시킨다. 그 힘은 실로 어마어마하다. 찰나의 실수로 엎질러진 물을 다시 주워 담을 수 없듯이, 이미 벌어진 일을 돌이키기는 너무나 힘들다. 어디까지나 추억은 과거다. 이따금 떠올리며 그리움이란 감정을 느낄 수는 있지만, 다시 꺼내어 현실에 반영하

려는 순간부터는 삶이 불행해질 수밖에 없다. 그러니 어떤
추억에 빠지더라도 무대가 막이 내리면 내가 사는 세상으로
돌아와야 한다. 그곳은 어디까지나 가끔 들를 수 있는 신기
루 같은 곳이니까.

## 모두 지나간다

이제는 희미해져버린 유년기,
식지 않을 것만 같았던 인기,
끝나지 않을 것만 같았던 유행,

꿈만 같았던 찰나의 행복,
지독하게 아팠던 고통의 순간,
멀게만 느껴지던 기다림,

영원할 것만 같았던 우리,
그리고 지금 이 순간도
결국 한때에 지나지 않는다.

이러나저러나 시간은 흘러가고
아픔도, 슬픔도 모두 지나간다.

## 기억의 예술성

깜박깜박
나는 고장 난 로봇.

모든 컴퓨터는 0과 1로 이루어진 이진법인데
내 머릿속은 연산 자체가 되질 않아.

그걸 방해하는 오류인
'감정'이라는 게 있거든.

뭐가 맞고 틀린지도 내 마음대로,
지나간 일에 대한 기억도 내가 원하는 대로.

오락가락
나는 뻔뻔한 로봇.

두 눈이 카메라 렌즈라면, 목전에 보이는 것들은 실시간으로 펼쳐지는 영상이다. 제각기 시력 차가 있어 화질의 선명도는 다르지만, 녹화된 장면은 기억장치인 우리의 뇌에 똑같이 전달된다. 어떠한 형태로 저장되어 있는지는 무의식을 열어볼 수 없기에 정확히 알 수 없다. 다만 용량이 한정적이다 보니 대수롭지 않은 기억은 자신도 모르는 사이 지워져 버린다. 그리하여 훗날 지난 일을 상기할 때는 그 시점에 남아 있는 파일만 재생된다. 이때의 영상은 시간의 순서대로 흘러가는 것이 아니라 영화의 몽타주 기법처럼 조립된다. 재편성된 기억에도 나름의 예술성이 있는 것이다.

## 사람다움을 잃지 않는 일


상처를 주고받지 않는 방법은 바로
아무도 만나지 않는 것.

그에 상응하는 지독한 외로움을
견딜 수 있다면 혼자가 되어도 좋다.

한데 나는 그럴 자신이 없어
오늘도 크고 작은 상처를 주고받는다.

## 유한한 믿음

언젠가는 꼭 알아줄 거라는
막연한 믿음은 기약이 없다.

현세에 사는 우리의 삶은
끝이 있으니까.

어떤 위로는 독이 된다

말에도 약효와 내성이 있다. 처음에는 가볍게 건넨 응원의 한마디가 기운을 북돋아줄 수도 있지만, 계속 듣다 보면 감흥이 점점 떨어지게 마련이다. 게다가 정말로 힘든 사람에게는 해결책이 없는 막연한 위로는 독이 될 수도 있다.

나이를 먹어갈수록 조금씩 인정하게 되는 것 같다.
감히 위로할 수 없는 것들이 있음을.

## 내 안의 작은 불씨

어떤 뮤지션에 꽂히면 지겨워질 때까지 그 사람의 곡만 듣는 편이다. 싱어송라이터 레이첼 야마가타의 데뷔 앨범 〈Happenstance〉도 그랬다. 첫 음만 들어도 무슨 곡인지 알 수 있을 정도로 많이 들었었다. 하지만 어느 날부터인가 감정이 조금씩 식어갔고, 재생 목록에서도 차차 사라져갔다. 그로부터 오랜 시간이 흐른 뒤에 그녀의 내한 공연 소식을 우연히 접했다. 이전만큼 마음이 크게 요동치지는 않았지만, 마침 일정이 없던 날이라 티켓을 예매했다.

드디어 기다리던 공연 당일이 되었다. 기계로만 듣던 그녀의 목소리를 라이브로 들을 수 있다는 사실에 묘한 기분에 휩싸였다. 객석에 앉자 곧 오프닝 공연이 시작되었고, 30여 분이 지나자 끝이 났다. 이윽고 까만 드레스를 입은 레이첼이 박수와 갈채를 받으며 조심스레 등장했다. 너무도 기쁜 나머지 나도 모르게 환호성을 지르고 말았다. 무대 뒤편에서 흘러나오는 영상과 그녀의 노래가 어우러지자 온몸에 전율이 감돌 정도로 좋았다. 문득 완전히 식어버렸다고 믿었던 것들이 식은 게 아닐지도 모른다는 생각이 들었다. 단지 눈에 보이지 않아 잊고 지낼 뿐, 바람을 후후 불어 지푸라기를 슬며시 넣어주면 다시 활활 타오를 자그마한 불씨가 남아 있었던 걸지도 모른다고.

그대로 놔둘지, 다시 지필지는
두고두고 지켜보면서 판단하면 된다.

## 성장하지 못하는 마음

나는 뱀이다.
너도 뱀이다.

마음을 활짝 열었다.
껍질이 단단해졌다.

마음을 굳게 닫았다.
허물을 벗었다.

이러나저러나
성체가 될 수 없는 마음.

우리의 삶은
끝없는 탈피의 연속이다.

## 어디선가 본 듯한

여느 때처럼 카페에서 친구와 작업을 하던 중이었다. 갑자기 뒤 테이블에서 한 여자의 울음 섞인 목소리가 들려왔다. 여자는 감정에 북받친 나머지 눈물을 흘리며 맞은편의 남자에게 이별을 고하고 있었다. 남자는 잠자코 듣고만 있었고, 보다 못한 그녀는 자리를 박차고 일어나 유유히 밖으로 나가버렸다. 우리는 애써 모른 척하며 아무 일도 없었던 것처럼 하던 일을 이어나갔다. 그는 긴 한숨을 내쉬면서 한참을 앉아 있다가 자리를 나섰다.

친구가 조심스레 입을 열었다.
"뭔가 마음이 편치 않네. 옛날에 나도 호프집에서 저런 비슷한 경험이 있었거든. 그때 나를 보던 사람들도 같은 마음이었겠지. 참…… 사람 사는 게 다 똑같나 봐."
"그러게, 돌고 도나 봐."

어디선가 본 듯한 이별의 장면을 생각하며 나의 이별을 떠올린다. 이별의 그림자는 서서히 다가올 수도, 느닷없이 불쑥 찾아올 수도 있다. 그 기간이 길면 길수록 삼켜온 감정이 서로의 가슴속에 더 짙은 먹구름을 만든다. 누구라도 먼저 밖으로 꺼내 보이는 순간 우려했던 상황이 터지니 위태위태하다. 더구나 이미 한쪽이 헤어져야겠다는 마음을 굳힌 단계라면 돌이키기가 여간 어려운 일이 아니다. 차라리 전조 현상이 있는 편이 마음의 준비라도 할 수 있으니 그나마 낫다. 예고 없이 통보받는 이별은 슬픔을 넘어 너무나 참담하니까.

괜스레 갈증이 나서 커피를 들이켰다. 평소 즐겨 마시던 아메리카노가 그날따라 유독 쓰게 느껴졌다. 그러고 보면 예전엔 '누가 이렇게 쓴 걸 마시나' 싶던 커피 맛에 어느새 참 익숙해졌다. 우리 삶도 때로 참 쓰디쓰지만, 그게 꼭 나쁘다고만은 말할 수 없다. 원두나 로스팅 과정에 따라 커피 맛이 다르듯, 우리의 인생도 저마다 자신만의 향과 풍미가 있을 테니까.

## 목을 축일 정도만

삶은 갈증의 연속이다.

물을 마시는 순간에는 목마름이 해소된 것처럼 느껴지지만, 시간이 지나면 또다시 갈증이 난다. 탈수 증상을 겪지 않기 위해서는 어떻게든 물을 마셔야 한다. 욕망도 마찬가지다. 무언가를 이루어도 성취감과 함께 밀려오는 허무함에 다시 갈증이 생기고, 그것을 채우려 또 다른 무언가를 이루어도 시간이 흐르면 결국 제자리다. 내재된 욕망을 버릴 수가 없기에 갈증은 좀처럼 가시지 않는다. 심한 경우에는 타들어 가는 욕망이 사람을 미치게도 만든다. 절박해질수록 물을 더욱더 갈망하게 되며, 판단력마저 흐려지기 때문이다.

그렇다면 분수에 맞게 살아야 할까. 하지만 그 기준은 대체 누가 정할 수 있을까. 정해진 그릇 안에 담을 수 있는 양만

채우라는 것은 잔인하기 그지없다. 특히나 요즘 세상에는 물질적으로 여유가 없으면 살기가 막막하다. 돈이 없으면 자존심을 굽혀야 한다. 배우고 싶은 것도 배울 수 없다. 정말 하고 싶은 일도 마지못해 포기해야 한다. 급기야 사람을 만나는 일도 피하게 된다. 수많은 사람이 숫자에 얽매이는 이유는 기본적인 욕구를 충족함과 동시에 경제적 여유를 얻기 위함이다. 갈증을 억누르면서 참고만 산다면 정신은 피폐해지고 말 것이다.

만족하기 위해서 노력하지만, 결코 만족할 수 없는 삶. 이는 우리가 날 때부터 갈증을 느끼도록 태어났기 때문이다. 참기만 한다면 한계가 있어 언젠가는 말라버릴 테고, 그렇다고 해서 벌컥벌컥 물을 들이켜면 탈이 나게 마련이다.

그래서일까.

나는 요즘 살 수 있을 정도로,

딱 목만 축일 정도로만 노력하는 것 같다.

그때였으니 '우리'였던 거다

## 2012년

여수에서 열리는 세계박람회를 보러 갔다. 가는 동안 차에
서는 버스커 버스커의 《여수 밤바다》가 흘러나왔고, 흥에 취
한 우리는 가사를 따라 나지막하게 웅얼거렸다. 때마침 차
창 밖은 저물녘이라 석양을 머금은 바다의 물결이 영롱하게
반짝였다. 영화에서나 나올법한 광경이라 너무도 낭만적이
었다. 훗날 이 노래가 흘러나오면 이 장면이 뮤직비디오처럼
머릿속에서 펼쳐질 거라고, 나는 웃으며 그녀에게 말했다.

제법 어둑해졌을 무렵 목적지에 도착했다. 우리는 여느 커
플처럼 깍짓손을 꽉 붙잡고서 설레는 마음으로 수많은 인파
속으로 합류했다. 순간순간을 오래도록 기억하고픈 마음에
돌아다니는 와중에도 쉴 새 없이 사진을 찍었다. 그러다 어

느 기업관에서 느린 우체통과 비슷한 무언가를 발견했다. 괜스레 호기심이 발동하여 자세히 들여다보니, 목소리를 녹음해두면 1년 뒤 음성메시지로 도착한다고 적혀 있었다. 뭐가 그리 재밌었는지 서로를 바라보면서 시시덕거리다가, 이윽고 함께 있을 미래의 우리에게 전송했다.


## 그 이듬해

도무지 끝을 알 수 없는 업무량에 짓눌려 일주일 내내 야근에 시달려야 했다. 그날도 어김없이 감정을 잃은 로봇처럼 키보드만 두드리고 있었다. 타자 소리만 들리던 사무실에서 갑자기 핸드폰 진동이 울렸다. 무신경한 눈길로 화면을 보니 음성메시지였다. 문득 궁금해져 재생 버튼을 조심스레 눌렀다. 이내 까르르 웃음소리가 들려왔고, 잊고 지냈던 작년의 기억이 뇌리에 영상처럼 스쳐 지나갔다. 나도 모르게 반사적으로 정지 버튼을 누르고 얼른 메시지를 지워버렸다. 불과 1년이라는 세월이 흘렀을 뿐인데 내 세상은 많은 것이 변해 있었다. 이미 그때의 '우리'는 과거라는 시점에만 존재할 뿐이었으니까.

한동안 넋이 나간 채로 멍하니 허공을 주시하다가 곧 정신을 차렸다. 그러고서는 아무 일도 없었던 것처럼 하던 일을 다시 이어나갔다. 이상하게도 막 슬프지가 않았다. 그동안 마음속에 있던 온갖 감정을 다 쏟아버렸기에 슬픔마저 메말라버렸던 건지도 모르겠다.

돌아보면 '함께하는 삶'은 약속한 방향대로 순탄히 흘러가기가 쉽지 않다. 혼자서는 정처 없이 어디든 자유로이 다닐 수 있지만, 둘이서는 각자의 마음이 늘 같을 수가 없기에 많은 제약이 따른다. 그 차이가 돌이킬 수 없을 정도로 커지면, 결국엔 서로가 멀어지는 길을 택할 수밖에 없다. 그리고 그때가 되어서야 다시금 깨닫는다. 영원할 거라 믿고 싶어도 영원하지 않다는 것을, 변하지 않을 거라 믿고 싶어도 변한다는 사실을.

버티고 난 뒤에 알게 되는 것들

지독한 하루하루를
버텨본 사람은 안다.

그때로 돌아가는 상상만 해도
몸서리치게 싫다는 것을.

시간이 멈춘 것 같았지만
느끼기에 따라 상대적이었다는 것을.

덕분에 평온한 일상의 고마움을
배우게 되었음을.

지나고 나면
다 부질없다는 것을.

부정하고 싶어도

결국 그 시간이 있었기에

지금의 내가 있다는 것을.

PART 2

잊고, 잃고,
___가끔___그리워하고

내일이 온다는 것을

## 20대의 어느 날

당시 고된 일과를 버틸 수 있는 유일한 낙은 금요일 밤이 오
길 기다리는 것이었다. 그날만 되면 우리는 삼삼오오 모여
시끌벅적한 번화가로 향했다. 이슥한 밤에도 도시는 잠들지
않았다. 사방에서 휘황찬란하게 반짝이는 불빛은 분위기를
한층 더 들뜨게 해주었다. 시답지 않은 농담을 주고받아도,
별다른 이야기를 하지 않아도, 다들 뭐가 그리 즐거웠는지
웃음꽃이 만발했다. 알딸딸하게 올라오는 취기도 나쁘지 않
았다. 달뜬 기분으로 노래방에서 고함을 지르기도 하고, 비
트에 맞춰 신나게 춤을 추기도 했다. 어떻게든 단시간에 한
주간 쌓인 스트레스를 해소해야만 했기에 그 순간만큼은
내일이 없었다. 아니, 정확히 말하자면 피하고 싶었던 건지
도 모르겠다.

간혹 스르르 졸음이 밀려오면 서로를 깨워주거나, 편의점에 들러 카페인 음료를 마셔가며 버텼다. 지금 생각해보면 왜 그렇게까지 했었을까 하는 의문이 들기도 한다. 그때는 밤을 새워가며 즐겁게 노는 것이 다시는 돌아오지 않을 청춘의 시간을 알차게 보내는 방법의 하나라 믿었다. 그러던 어느 날 벤치에 앉아 여명이 밝아오는 것을 본 적이 있었다. 간밤의 짙은 기억은 희미해졌고, 머릿속은 텅 빈 것처럼 흐리멍덩했다. 점점 강해지는 햇빛은 나에게 현실을 망각한 시간은 한낱 일장춘몽에 불과하다는 것을 일깨워주는 것만 같았다.

쉴 틈 없이 일해도, 빠른 비트의 음악 소리에 맞춰 미친 듯이 춤을 추고 놀아도, 정신이 멍해질 때까지 술을 마셔도, 마음 한구석에 자리 잡은 불안감은 더 커져만 갔다. 그건 진정으로 내가 꿈꾸던 나날이 아니었다. 그리고 언제부터인가 우리는 직감했다. 일요일 밤에 다시 마음을 가다듬고 일상으로 돌아갈 채비를 하듯이, 피 끓는 청춘의 날들도 저물어 갈 것을, 그 순리를 역행하여 붙잡을수록 공허함은 배가 된다는 것을 말이다. 모두 그때 그 순간이기에 가능했던 일이었다.

이제는 내일이 온다는 것을 안다.

## 미련한 미련

놓아줘야 함에도 불구하고
지푸라기라도 잡는 심정으로
안간힘을 다했다.

모진 고통이 밀려와도,
온몸이 상처투성이가 되어도
혹시나 한 번쯤은
다시 되돌아봐줄까 하는 미련에
다 감내하며 버텼다.

결국 서로가 얽히고설켜
파국으로 치닫고서야 끝났던 줄다리기.

남는 건 만신창이가 된 몸과

너덜너덜해진 마음뿐인데
누구를 위해서 그랬던 걸까.

그저 되돌리고픈
나의 이기심 때문은 아니었을까.

삶은 후회의 연속이다. 어떤 선택도 결과를 장담할 수 없다.
시간이 흘러 실제로 일이 잘못되고 난 뒤에야 비로소 깨닫
는다. 그렇게 하지 말았어야 했다는 것을, 또 다른 선택지가
있었다는 것을 말이다. 하지만 이미 벌어진 일을 한탄하고
뉘우쳐본들 다시 과거로 회귀할 수는 없다. 그 대상이 무엇

이든 간에 미련을 갖기 시작하면 모두 되돌리고 싶은 욕심만 커질 뿐이다. 혹시나 돌아올지 모른다는 기대, 조금만 더 노력하면 된다는 기대, 다시 괜찮아질 거라는 기대, 닿을 듯 말 듯 애간장이 탈수록 그 마음은 더욱더 강해진다. 그대로 닿아버리면 더는 미련이 아닐 텐데, 야속하게도 멀어지는 일이 더 많다.

과거의 나는 많은 것을 원래대로 되돌릴 수 있다고 굳게 믿었다. 이미 떠나간 인연의 끈을 힘껏 붙잡아 끌어당기거나, 내 힘으로 이룰 수 없는 일들을 쉽게 놓아주지 않았다. 그런 날들이 길어질수록 점점 더 괴로웠고, 타인까지 힘들게 만들기도 했다. '미련'이라는 어항에 빠져 좀처럼 헤어나오지를 못했던 것이다. 그것이야말로 나를 더 깊은 절망 속으로 빠뜨리는 일인지도 모른 채, 낚싯대에 걸려 오는 미끼를 어떻

게든 물기 위해 애썼다. 집착이었다. 간혹 되돌릴 수 있는 것
도 있었지만, 결과적으로는 미련한 미련으로 인해 많은 시간
과 감정을 소모해야 했다.

어니스트 헤밍웨이의 소설 『노인과 바다』에서 노인은 기나
긴 사투 끝에 청새치를 잡았다. 무려 84일 만이었으니, 그
기쁨을 어찌 이루 다 말할 수 있을까. 하지만 귀항 중에 상
어 떼가 찾아온다. 청새치가 너무 큰 탓에 배에 실을 수가
없어서 옆에 걸었던 게 화근이었다. 노인은 살점이 조금씩
뜯겨나가는 청새치를 지켜내기 위해 필사적으로 애를 썼지
만 역부족이었다. 결국 물고기의 앙상한 뼈만 남은 채로 돌
아가게 된다.

분명 미련이 남을 법도 한데, 놀랍게도 그는 아무런 생각과

느낌이 없다. 모든 것을 초월하고 있다. 공수래공수거, 빈손으로 왔다 빈손으로 가는 우리의 인생과 너무도 닮아 보였다. 어쩌면 인간의 삶은 수많은 것을 이루고도 결국엔 놓아주는 법을 배워야 하는 기나긴 여정일지도 모른다.

이제는 미련을 갖는 일이 조심스럽다. 되돌릴 수 없는 것들을 후회하는 그 시간마저 아깝게 느껴지다 보니, 예전보다 단념하게 되는 일이 더 많아졌다. 이따금 미련이라는 괴물이 찾아올 기미가 보이면, 아무리 괴롭고 슬퍼도 현재의 나를 자각하고 받아들이기 위해 최선을 다한다.

그래야만 나를 지킬 수 있어서다.

## 슬플수록 웃는 사람

슬픔에 잠식당하지 않기 위한
일종의 몸부림이었을까.
돌이켜보면  가장 슬픈 순간에 나는
더 환하게 웃고 있었다.

10대 시절의 나는 그야말로 우울로 가득했다. 사념과 공허감에 젖어 좀처럼 잠을 이룰 수 없었고, 이튿날 아침에는 눈을 뜨는 일마저 고통스러웠다. 그냥 이대로 연기처럼 어디론가 사라져버렸으면 좋겠다는 생각뿐이었다. 의욕을 상실한 듯한 초점 없는 눈, 조금이라도 건드리면 터져버릴 것만 같던 슬픔. 하루를 버티고 살아내기 위해서는 웃음 속에 그 모두를 감출 수밖에 없었다. 표면적으로 최대한 티를 내지 않기 위해 노력했지만, 당시 가까운 사람 중에 이런 내 모습을 알아챈 사람이 있었다. 가만히 이야기를 들어주는 다정함에 나는 자연스레 의지할 수밖에 없었다. 삶을 포기하고 싶었던 시기에 받았던 진심이 담긴 메시지는 아직도 잊을 수가 없다.

"피할 수 없으면 즐겨."
"당신은 사랑받기 위해 태어난 사람."

홀로 캄캄한 방 안에 있던 나는 숨을 쉴 수 없을 만큼 가슴이 미어터져서 한참을 울었다. 그 사람이 누구였든, 이제는 다른 세상 속에서 각자의 삶을 살아가고 있을지라도, 정말로 위로가 되었던 말은 오랜 시간이 흘러도 가슴에 남아 잊

히지 않는다. 그날 이후 새로이 마음을 다잡고 기운을 내보
려 애썼지만, 생각과 달리 잘되지는 않았다. 도리어 우울감
이 극에 달해 감당할 수 없는 지경에 이르렀고, 상대가 받아
주는 것에도 한계가 있다는 생각에 괴롭고 또 미안했다. 결
국 우리는 여러 상황으로 인해 멀어질 수밖에 없었다.

시간이 흘러 환경이 바뀌고, 내면에 있는 나를 마주하기 시
작하면서 지독했던 우울도 차차 누그러졌다. 하지만 그때의
일이 원인이었는지 '웃음'이라는 방어기제가 발동되는 빈도
가 더 늘었다. 시도 때도 없이 바보처럼 웃으면서 농을 하거
나, 어떤 상황에서도 밝은 모습을 유지하려 애썼다. 대학에
가서도, 사회에 나가서도, 어둡고 진지한 면을 보이지 않기
위해 내가 아닌 나를 연기하는 일이 잦아졌다. 솔직한 자기
모습을 보이지 못하는 관계는 결국 소원해질 수밖에 없는데

말이다.

언제부터인가 어떤 모습이 진짜 나인지 헷갈리기 시작했
다. '남들이 보는 나'와 '내가 아는 나'의 괴리가 커져 정체성
의 혼란을 겪게 된 것이다. 어쩌면 여태 꾸준히 글을 써왔던
이유 중 하나는 그동안 꾹 누르면서 숨기고 살아온 진짜 내
마음을 털어놓을 곳이 필요해서였는지도 모른다. 그 과정을
통해 조금이라도 나를 더 이해해보고 싶어서.

## 함께했던 시간이 끝나면

잠을 청하려 침대에 눕자 푸들 에리가 쪼르르 달려온다. 언제부터인가 꼭 붙어서 자는 것이 습관이 되어버렸다. 따스한 온기가 전해져오면 내 마음도 같이 편안해지니, 이제는 오히려 옆에 없으면 허전할 정도다. 함께한 지는 어느덧 9년. 인간의 시간에 비해 강아지의 시간이 짧다 보니, 근래 들어 부쩍 나이 들어가는 모습에 걱정이 앞선다. 괜스레 지난날을 떠올리면 후회가 밀려와 미안해진다. 부디 함께하는 이 순간들이 오래도록 깨지지 않기를 바랄 뿐이다.

그러고 보면 깊었던 관계일수록 마지막에 남는 감정은 고마움보다 미안함이 더 큰 것 같다. 여러 날을 함께하며 쌓아온 추억의 시간을 다시는 만들 수 없다는 사실에 '좀 더 잘해줄걸' 하는 회한에 잠기게 된다. 어떠한 존재를 잃는다는 건 함께한 세월 동안 느꼈던 감정을 잃어버리는 것과 같다.

끝을 피하고만 싶은 마음과
모든 건 언젠가 끝난다는 숙명,
그 사이에 따르는 필연적 고통은
함께한 존재가 그만큼
소중했다는 의미일 것이다.

## 2003년 어느 겨울날

평소 독서와 담을 쌓고 지내던 J가 『국화꽃 향기』라는 책에
푹 빠졌다. 간혹 인상 깊게 읽었던 부분을 나에게 들려주
곤 했는데, 단편적으로만 들어도 그저 너무 시리게 슬픈 이
야기라 큰 감흥을 불러일으키지는 못했다. 그러던 어느 날
그 책이 영화로 개봉한다는 소식을 접하게 되었다. 아니나
다를까 J가 먼저 극장에 가자며 졸라댔다. 그때만 해도 멜
로 영화를 썩 좋아하지는 않았지만, 친구를 위해 같이 보러
가기로 했다.

영화가 시작되기 전까지만 해도 대강 줄거리를 알고 있었던
터라 솔직히 그리 기대되지는 않았다. 하지만 희재와 인하
역을 맡은 장진영 씨와 박해일 씨의 연기가 너무도 캐릭터에

잘 녹아 있어서 처음의 마음이 깡그리 사라졌다. 이야기로 들을 때보다 영상으로 보는 편이 감정이 더 사무치게 전해져왔다. 엔딩 크레딧이 올라가고도 여운이 가시지 않아, 우리는 한참 동안 자리를 뜨지 못했다. 묘한 기분에 젖은 채로 밖으로 나오자 차디찬 삭풍이 우리를 덮쳤다. 그럼에도 영화에 대한 이야기를 서로 주고받느라 추위를 그다지 느끼지 못했다. 당시 J가 나에게 건넨 말은 아직도 선명히 기억에 남아 있다.

"나도 저런 사랑을 해보고 싶어. 이제 이게 내 꿈이야."

## 2018년 어느 겨울날

이따금 J와 풍경을 담기 위해 출사를 나간다. 번잡한 도시를 벗어나 자연을 마주하는 일만으로도 지친 심신을 달랠 수 있어 참 좋다. 그날 우리가 향한 곳은 우포늪이었다. 한두 시간을 운전해야 하는 거리다 보니 음악이 빠질 수 없었다. 처음에는 시끌벅적한 곡을 듣다가 분위기가 좀 가라앉을 무렵 잔잔한 발라드를 틀었다. 랜덤 재생이라 어떤 곡이 흘러나올지 모르니 기다리는 묘미가 있었다. 첫 곡은 다름 아닌 성시경의 〈희재〉였다. 가슴을 깊숙이 파고드는 멜로디에 불현듯 아련한 옛 생각이 떠올라 친구에게 물었다.

"이거 〈국화꽃 향기〉 배경음악인데, 기억나?"
"당연하지."

"이때 너도 저런 영원한 사랑을 하고 싶다고 했었는데."

"내가? 그건 기억이 안 나네. 그렇지만 그런 사랑이라면 지금은 별로 하고 싶지 않아. 너무 슬프잖아."

왠지 모르게 공감이 가서 아무 말도 하지 않았다. 겨울의 풍경과 함께 흘러나오는 노랫말은 친구의 마음을 대신 전해 주는 것만 같아서 더욱더 슬프게 느껴졌다.

노래의 여음은 집에 돌아와서도 귓전에 맴돌았다. 문득 〈국화꽃 향기〉를 다시 보고픈 마음에 이끌려 오래간만에 영화를 틀었다. 계절이 수없이 바뀐 15년의 세월이 무색하게 영상 속 그들은 그 시절 그대로였다. 달라진 건 나뿐이었다. 이제는 주인공의 나이가 나보다 어려서 다른 시선으로 주인공들을 볼 수 있었다. 정말이지 별거 아닌 장면도 지난날을 되

새기는 것만 같아서 한시도 놓칠 수 없었고, 감회마저 남달
랐다.

그래서 다들 여전히 기억하나 보다.
그 시절에 봤던 영화, 그 시절에 들었던 음악,
그 시절에 느꼈던 감정까지 말이다.

## 나를 잠재우는 소리

자장자장, 자장자장.

곳곳에서 나를 잠재우는 소리가 울려 퍼진다. 지친 심신을 달래려 바닥에 누우면 깊은 잠에 빠질까 봐 안간힘을 다해 버틴다. 잠은 잘수록 늘어서 일어나기가 쉽지 않고, 단꿈은 꿀수록 현실과의 괴리감에 깨고 싶지 않아서다. 차라리 가짜 세상 안에서 잠만 자고, 꿈만 꾸면 행복할까? 단호하게 '아니'라고 말할 수 있다.

온라인 게임에 푹 빠져 살던 때가 있었다. 잠에서 깸과 동시에 정신은 곧장 게임으로 꽂혔고, 그곳엔 랭킹이 꽤 높은 나를 기다리는 이가 많았다. 서로에 대해 아는 것이 많이 없었음에도 '클랜'이라는 소속감 하나로 똘똘 뭉쳐 스스럼없이 어울렸다. 별거 아닌 것들이지만, 힘들다가도 짜릿할 정도로 전율케 하는 순간순간이 참 많았다. 무미건조한 현실 속에서 자극이 될 만한 강렬한 감정을 느끼기가 쉽지 않아서일까. 사람들이 왜 그토록 게임에 열광하는지 알 것만 같았다.

정말로 무언가에 홀리기라도 했는지, 가볍게 시작한 처음과 달리 끝을 알 수 없을 정도로 점점 깊이 빠져들었다. 현실과 온라인을 넘나들다 보니 어느새 그 경계가 모호해졌고, 그 사이 시간도 쏜살같이 흘러갔다.

'헛되이 보낸 시간은 다시 돌아오지 않아.'
'이게 정말 너에게 가치 있는 일이니?'
'당장 눈앞에 놓인 것들을 제쳐두고 도망가는 거 아니야?'

현실에 있는 나는 게임 속에 있는 나를 끊임없이 설득했다.

모를 리가 없었다. 열흘 내내 붉은 꽃이 없듯, 이 가상공간
은 지금 사는 현실보다 훨씬 더 빨리 무너지리란 것을 알았
다. 그럼에도 깨어날 수 없었던 것은 결국 의지 박약 때문이
었다.

그러던 어느 날이었다. 강변을 따라 쭉 걷고 있는데 차츰 해
가 저물어갔다. 유독 붉게 물든 하늘은 인제 그만 이곳으로
돌아오라고 내게 손짓하는 것만 같았다. 스쳐 지나갈 온라
인 인연, 어차피 의미 없어져버릴 게임 세계에서 성취한 것
들을 노을 속으로 흘려보냈다. 곧 땅거미가 몰려왔고 사위
가 어두컴컴해졌다. 이루 말할 수 없는 허탈감이 밀려왔다.
무언가에 빠졌다가 헤어나왔을 때는 그만한 실의가 따른다
는 것을 몸소 느낀 경험이었다.

## 무의식

아무렇지도 않게 잘 살고 있다가
현실보다 더 현실 같은 꿈을 꿨어.
가장 행복했었던 기억의 꿈.


눈을 떴다. 아직 어스름한 꼭두새벽이었다. 꿈인지 생시인지
분간이 안 될 정도로 몽롱한 정신을 깨우기 위해 냉수를 들
이켰다. 정적 속이라 목 넘김 소리가 유독 크게 들려왔다. 이
내 얼얼한 찬물이 빈속을 채우자 의식이 말갛게 돌아왔다.
정말이지 이렇게 맞이하는 하루의 시작은 달갑지 않다. 분
명 기억이라는 파일을 꼬깃꼬깃 구겨서 휴지통에 버렸는데,
아직도 완전히 비워지지 않은 채로 어딘가 남아 있는 기분.

내 안에 잠재된 무의식을 마음대로 다스릴 수 있다면 얼마나 좋을까. 한데 그 녀석은 보이지도 않고, 만질 수도 없다. 심지어 꺼내기도 쉽지 않아 그 속에 무엇이 들어 있는지 알기도 힘들다. 일상을 이어가는 데는 전혀 문제가 되지 않지만, 의식을 통제할 수 없는 꿈에서는 억압되었던 것들이 고스란히 드러난다.

어른이 된다는 건 무의식에 숨은 온갖 어두운 감정들을 통제하며 살아가는 법을 익히는 건지도 모르겠다.

# 잃어버린 동심

간혹 술자리나 모임에서 재미를 더하기 위해 예전에 배웠던 마술을 보여주기도 한다. 카드를 꺼내 들고 기술이 펼쳐질 때까지는 대개 흥미롭게 지켜보지만, 놀라움이 가시고 나면 다들 어떻게 하는 건지 속임수를 궁금해한다. 못 이긴 척 다시 보여주는 순간부터는 지켜보는 눈초리가 달라져 들통나기 십상이라, 태연하게 슬쩍 웃어넘긴다. 언제부터인가 우리는 현실적으로 일어나기 불가능한 일들은 곧이곧대로 믿지 않게 되었다.

동화를 바라보는 시선도 변했다. 어린 시절의 나는 『토끼와 거북이』를 읽고서 거북이처럼 부단히 노력하며 살아야겠다고 생각했다. 그런데 지금은 왜 이런 말도 안 되는 레이스를 시작했는지부터가 이해되지 않는다. 바닥에 붙어 엉금엉금 기어가는 거북이가 깡충깡충 솟구쳐 뛰는 토끼를 어떻게 이

긴단 말인가. 태생적 차이를 극복할 확률은 우리가 사는 세상에서는 희박하기에, 흡사 자전거와 자동차의 대결이나 다름없어 보인다.

옛날에는 눈에 보이는 그대로를 믿었지만, 훌쩍 커버린 나는 현실과 동떨어진 것들엔 끊임없이 의문을 품게 되었다. 어쩌면 어른이 된다는 건 꿈과 환상이 뒤엉켜 반짝반짝 빛나던 동심 뒤에 가려 있던 불편한 진실을 볼 수 있는 눈이 생기는 건지도 모르겠다.

그렇지만 때때로 그때가 그립다.
눈에 보이는 그대로를 믿던
어린 시절의 순수했던 시선이.

이별의 횟수가 많아지는 나이

세상이 거대한 나무라면
우리는 가지에서 피어나는
하나의 잎사귀다.

생기 있고 푸르던 청춘의 잎은
여러 색의 단풍으로 변해
자태를 뽐내고 차례대로 낙화한다.

그 순서는 알 수 없지만,
그것이 슬픈 일인지,
의미가 있는 일인지는
결국 생각하기 나름인 것 같다.

점점 경조사에 익숙해지면서 어른이 되었음을 실감한다. 부고를 당한 지인을 위로해주고 내려가는 길이었다. 무심코 듣던 〈서른 즈음에〉의 노랫말이 귀에 들어오기 시작했다. 어둑한 밤 고속도로에 펼쳐진 아슴푸레한 불빛에 취했던 걸까. '매일 이별하며 살고 있구나'라는 가사가 가슴에 사무치게 파고들어 콧등이 시큰해졌다. 마음이 묘하게 알알했다. 지금껏 살아오면서 수많은 사람을 만나왔지만, 어느 순간부터는 만남보다 이별의 횟수가 더 많아졌다. 날 때부터 정해진 숙명이라는 것을 알면서도 받아들이는 일은 못내 착잡하다. 세상을 먼저 떠나거나, 자연히 멀어져 연락이 닿지 않는 이들은 슬프게도 앞으로 더욱더 늘어날 테니까.

공연히 무거워진 차내 공기를 환기하려 차창을 열어젖혔다. 양옆에서 불어오는 산들바람이 마음을 조금 위로해주는 듯했다. 서른이라는 입구를 들어설 때만 해도 믿기지 않았는데, 어느덧 훌쩍 지나 마흔을 향해 달리고 있다. 사실 나이 먹는 일을 피하고만 싶어 중년과 노년의 삶에 대해서는 구체적으로 생각해본 적이 없다. 마냥 사시사철 푸르른 봄인 줄 알았는데 뒤통수를 한 대 얻어맞은 느낌이랄까.

어릴 적에는 이맘때 즈음이면 제법 근사한 어른이 되어 있을 줄 알았다. 어떤 일이든 내성이 생겨 다 괜찮을 줄 알았다. 한데 막상 지금에 이르러 보니, '괜찮은 척'만 늘었을 뿐 도리어 겁은 많아졌다. 불타올랐던 열정은 연소하지 못했던 만큼 상실감이 컸고, 그 불씨를 다시 일으킬 용기는 점점 사라져만 간다. 막연한 이상을 좇기보다는 그저 지금 하는 일을 주어진 인생에서 꾸준히 할 수 있다면 좋겠다는 마음뿐이다.

요즘 지인들과 만나면 모두 '시간이 빠르다'고 입버릇처럼 이야기하곤 한다. 세월이 흐를수록 시간의 소중함을 느끼는 일이 잦아진 것이다. 끝나지 않을 것만 같던 순간들도, 시간이 멈췄으면 좋았을 만큼 화려했던 날도, 언제 그랬냐는 듯 지나가버렸다. 때로는 속절없이 빠르게 흘러가는 시간에 잠식당할까 봐 두렵다. 어떻게든 인생이라는 사계절 안에서 의미와 가치를 부여하며 살아가는 수밖에 없다.

## 슬럼프

함정 근무를 했을 때 길게는 한 달 넘게 출항을 나갔었다. 배 안에서는 단체 생활을 하다 보니 혼자서 무언가를 할 수 있는 시간은 잠들기 전밖에 없었다. 주로 2층 침대 위에서 희미한 불빛을 벗 삼아 노트에다가 글을 끼적이곤 했다. 철렁철렁 흔들리는 파도에 글씨는 삐뚤빼뚤했지만, 내가 만든 소설 속 세상에 온전히 빠질 수 있어서 참 좋았다. 그러고 보면 여태껏 참 치열하게 글을 써왔다. 일하다가도 자투리 시간에는 간단하게 메모를 했고, 운전하다가도 번뜩 영감이 떠오르면 그때그때 녹음을 했다. 문장 속에는 내 삶의 흔적들이 고스란히 스며있는 셈이다.

예술은 실로 고달프다. 아무도 봐주지 않던 글을 계속 적다가 고적함에 빠져 멍하니 밤하늘을 바라본 날을 헤아릴 수가 없다. 백날 대고 소리쳐봐야 돌아오는 것은 나만 들을 수 있는 메아리뿐이었다. 변화가 필요했다. 마지막 도전이라는 심정으로 필명을 '투에고'라 정한 다음 직접 글을 알리기 위해 SNS 운영을 시작했다. 오랜 시간 동안 정말 하루도 빠짐 없이 꾸준히 해왔다. 다행히 운이 좋았던 건지, 상념의 기록이 담긴 책을 여러 권 출간했다.

요즘은 외국의 독자분들이 책 사진을 찍어 메시지로 보내주시곤 한다. 예전엔 상상조차 못 했던 꿈같은 일이라 보기만 해도 가슴이 벅차오르지만, 어느 순간 큰 슬럼프가 찾아왔다. 무엇보다 하는 일들이 잘 안 풀려서 심적으로 힘들었고, 여느 유행처럼 반짝이다가 사라질지도 모른다는 불안감을 떨칠 수가 없었다. 괜찮다, 괜찮다, 다독여봐도 소용없었다. 며칠만 앓으면 자연히 낫는 가벼운 감기가 아니라 지독하게 들러붙은 독감 같았다.

머릿속은 오만 가지 사념으로 그득했다. 날마다 책을 홍보하는 게시물이 지겹지는 않을까, 하지만 이렇게 하지 않으면 내글을 읽어줄 사람이 몇이나 될까, 앞으로도 계속 책을 쓸 수있을까, 정말로 이대로 괜찮은 걸까……. 면역이 약해진 틈을 비집고 들어온 슬럼프라는 괴물이 마음을 쑥대밭으로 만들었다. 정확히 언제부터였는지는 모른다. 벗어나려 애를 쓰면 쓸수록 내면에 있는 실타래는 풀 수 없을 만큼 헝클어져갔다. 게다가 나를 잠식한 이 감정의 원인을 안다고 해서 엉켜 있는 것들을 되돌릴 방법을 찾을 수 있는 것도 아니었다.

인정하고 싶지 않았지만, 인정해야만 했다.
나는 지금 깊은 수렁에 빠져 있다.
그래서 지금 이 순간,
의식의 흐름대로 감정의 기록을 남긴다.

## 혼자가 더 편한 이유

J는 가을이 싫다. 그녀를 만난 날도, 헤어진 날도 단풍이 물든 구시월이었다. 수없이 이별을 겪어온 그였지만, 유독 그때가 너무 아팠다고 한다. 헤어짐의 원인은 다름 아닌 '현실'이라는 그림자였다. 처음에는 마음만으로 극복할 수 있을 것이라 믿었다. 하지만 그 그림자는 서로의 틈을 무섭게 비집고 들어와 영영 메울 수 없게 만들어버렸다. J의 고통은 이루 말할 수 없었다. 억장이 무너져 내리는 와중에도 헤어졌다는 사실을 받아들이기 힘들었고, 명치에 못이라도 박힌 것처럼 숨조차 제대로 쉴 수 없었다. 입맛까지 잃어 식음을 전폐하는 날이 잦았다. 그에게 하루는 너무도 긴 시간이었다. 주체할 수 없는 슬픔을 평소에 잘 마시지도 않던 술로 달래본들, 고통을 잊을 수 있는 시간은 딱 그 순간뿐이었다.

그러던 중 J는 더 충격적인 소식을 접했다. 헤어진 그녀가 새로운 사람을 만난다는 얘기를 들은 것이다. 커져만 가는 아픔과 깊어만 가는 통증에 그의 몸과 마음은 점점 병들어갔다. 급기야 약해진 면역력으로 인해 대상포진에 걸려 입원까지 하게 되었다. 퉁퉁 부풀어 오른 얼굴은 처량하기 그지없었고, 미련한 마음은 여전히 그를 괴롭혔다. 망연자실한 채로 병실에 누워서도, 링거액이 뚝뚝 몸속으로 들어오는 와중에도, 혹시나 그녀가 자신을 보러 이곳에 와주지 않을까 하는 일말의 기대를 품고 있었던 것이다.

끝끝내 그녀는 병원에 오지 않았다. 그랬기에 도리어 체념이 더 쉬워졌는지도 모른다. J의 얼굴 부기가 거의 가라앉았을 무렵, 거짓말처럼 J의 마음도 조금씩 안정을 찾아갔다. 그때 병실로 찾아간 내게 그가 읊조리듯 했던 말이, 그 후로도 오랫동안 마음을 떠나지 않았다.

"사랑에 치이고, 사람에 치이다 보면 도리어 혼자가 편해. 이제 더는 아프고 싶지 않아. 나를 위한 시간만, 나를 위한 만남만 가질래."

세월 흐르면 결국
몇 안 되는 사람만 남을 뿐인데
그때는 왜 그렇게 모든 관계에 연연했을까.

## 정해진 길과 내가 정한 길

예전에는 결정론 자체를 부정했다. 인생에서는 그 어떤 외부적인 요인보다 자신의 의지가 더 중요하기에, 날 때부터 정해져 있다는 '운명'이라는 것은 초월할 수 있다고 굳게 믿었다. 흔히들 말하는 끌어당김의 법칙처럼 머릿속에 되고픈 모습을 수없이 생생하게 그렸다. 얼마나 간절하게 바라고 노력했는지는 누구보다 나 자신이 잘 안다. 그렇지만 모든 일이 꿈꾸는 대로 술술 이루어질 리는 만무했다. 하도 답답해서 하늘에 대고 물었다.

"왜 생각대로 되지 않는 거죠?"

그러자 '좀 더 간절해야 돼', '좀 더 생생하게 그려야 돼'라고 누군가 귓전에 대고 속삭이는 것만 같았다. 정신이 번쩍 들었다. 도대체 얼마나 더 간절하게 노력해야 하는 걸까. 출구 없는 미궁 속에 빠져 애만 태우는 꼴이었다. 지칠 대로 지쳐버린 나는 결국 상황을 역전시킬 능력이 없다는 것을 인정할 수밖에 없었다. 그렇게나 부정했던 결정론을 나도 모르는 사이 조금씩 믿어버리게 된 셈이다.

이제는 내가 정해진 길을 걷고 있는 건지, 내가 정한 길을 걷고 있는 건지 잘 모르겠다. 다만 지나고 나서 돌아보니 삶은 확률적으로 일정한 방향이 결정되어 있는 것 같다. 그 속에서 그때그때 최선이길 바라며 선택할 뿐이다.

19세기 초 프랑스 수학자 라플라스는 우주 안에 있는 모든 원자의 위치와 운동량을 아는 존재가 있다면, 뉴턴의 운동 법칙을 통해 과거와 현재의 모든 현상을 설명할 수 있으며, 나아가 미래까지 예측할 수 있다고 말했다. 훗날 사람들은 이러한 존재를 '라플라스의 악마'라 불렀다. 조심스레 그에게 묻고 싶다.

"당신은 정말 모든 걸 알고 있나요?"

모른다고 말해줬으면.

## 그리움을 아는 사람만이

하늘에서 느닷없이
그리움을 가득 담은 비가 내린다.

지나가는 여우비인 줄 알았는데
빗줄기는 점점 더 강해져만 간다.

아아, 야속하도다.
또 얼마나 흠뻑 젖어야 괜찮아지려나.
마음에 홍수라도 나버리면
물이 빠질 때까지
며칠은 고생해야 할 텐데.

바라건대, 감당할 수 있을 만큼만
내렸으면 좋겠다.

그리움을 아는 사람만이

내 마음속 아픔을 안다.

_요한 볼프강 폰 괴테, 『빌헬름 마이스터의 수업시대』 중에서

일상에도 선율이 흐른다. 88개의 피아노 건반이 각기 다른 소리를 내며 수많은 곡을 만들듯, 일상의 멜로디는 매일이 다르다. 대개 잔잔하고 평온한 느낌이지만, 가끔 가다 심장을 콕콕 찌르는 음들이 화음을 이루는 날이 있다. 이럴 때면 왜 아픈지도 모른 채 울적함이 가득한 숲에 갇힌 기분이 든다.

어느 밤, 잠자리에 들자마자 느닷없이 과거의 행복했던 순간

이 눈앞에 어른거렸다. 억지로 잠을 청하려 해봐도 아무 소용이 없었고, 사무치게 밀려오는 감정에 공연스레 슬퍼져서 콧등까지 시큰해졌다. 불시에 들이닥친 그리움은 그렇게 한참이나 내 마음을 들쑤시더니 쑥대밭으로 만들고 나서야 잠잠해졌다.

또 다른 날의 어느 밤, 아무 생각 없이 고속도로를 달릴 때였다. 수많은 불빛을 스쳐 지나며 서서히 의식이 멍해졌다. 이내 기억의 터널로 빨려 들어간 나는 형용할 수 없는 그리움에 젖어들었다. 톨게이트에서 하이패스 단말기 음성을 듣고 나서야 겨우 현실로 빠져나올 수 있었다.

세월이 흐를수록 기억은 점점 왜곡되어간다. 그리고 그 안은 알 수 없는 그리움으로 채워지는 것 같다.

평소에는 아무렇지 않은 듯
살아가는 우리지만,
구태여 말하지 않아도 안다.
저마다 서로에게 말할 수 없는
그리움을 품고 산다는 것을.

## 그때의 나를 생각하면

핸드폰을 켜면 날짜와 시간이 바로 보인다. 간혹 그 숫자를 보다가 '오늘 무슨 날이었던 거 같은데' 하고 멈칫하게 되는 순간이 있다. 하지만 상기해내려 애쓰지는 않는다. 구태여 지난 일을 들추었다가는 묘한 기분에 휩싸이게 돼서다. 살아온 세월만큼 의미 있는 날도 늘어가지만, 지금은 연락이 닿지 않는 누군가의 생일이나 기념일처럼 특별했던 날이 의미가 없어지기도 한다.

머릿속에는 정말 지우개라도 있는 걸까. 무의식적으로 입력할 수 있을 정도로 달달 외웠던 번호도 이제는 전혀 기억나지 않는다. 그렇게나 잊으려고 발버둥 쳤던 것들이 너무도 희미한 기억으로 남아 있다. 문득 내가 알고 있는 '나'라는 사람이 같은 사람일까 하는 의문이 든다. 만일 과거의 나와 지금의 내가 모습을 보이지 않고서 대화를 나눈다면, 서로를 같은 사람으로 인식하지 못할지도 모른다.

그것은 예측과 경험의 차이다. 과거의 나는 그때껏 쌓인 관념을 토대로 '미래에는 이러이러한 모습일 것'이라는 예측만할 수 있다. 하지만 막상 현재를 살아가는 나는 세월이 흐른만큼 과거의 시점에서 볼 수 없었던 일들을 겪게 된다. 자연히 경험을 통해 생각이나 관점이 변할 수밖에 없다. 어떤 시점이 제일 성숙하다고 단정할 수는 없지만, 그 간격은 실로엄청난 차이가 있다. 그 어떤 모습도 결국 나지만, 품었던 감정이나 기억에 따라 충분히 다른 내가 될 수 있어서다.

## 우울의 역사

어김없이 밝아온 아침. 샤워기에서 좌르르 흘러나온 물이 온몸을 적시자 졸음기가 싹 달아난다. 이내 몸은 뜨거워졌고, 밤새 케케묵은 것들이 씻겨나가 정화되는 느낌이 든다. 두 손은 습관처럼 분주하게 움직인다. 샴푸와 컨디셔너로 머리를 감고, 보디클렌저로 몸을 씻는다. 끝나기가 무섭게 쉐이빙 폼을 묻힌 후 면도를 한다. 양치를 하려는데 치약이 홀쭉하다. 손톱에 힘을 주어 꾸역꾸역 짜낸다. 질금질금 새어 나오는 모양이 애처롭기 그지없다. 지칠 대로 지쳐버린 삶 속에서 '언젠가 나아질지 모른다'는 기대를 짜내는 것만 같다.

샤워를 마치고 젖은 머리를 말린다. 드라이어에서 흘러나오는 뜨뜻한 바람이 너무 포근한 나머지 다시 졸음이 쏟아진다. 꾸벅꾸벅 고개를 몇 번이나 떨군다. 그러다 문득 거울에 비친 나와 눈이 마주친다. 생기 없는 무표정한 얼굴엔 허한 마음이 고스란히 드러나 있었고, 초점 없는 눈은 가엾기까지 하다. 무엇이 나를 이렇게 만들었을까. 심란한 마음을 애써 누르고 서둘러 나갈 채비를 한다.

주차장에서 차를 몰고 빠져나가자 게이트에 있는 차단기가 올라간다. 마치 오늘 하루가 본격적으로 시작되었음을 알려주는 신호 같다. 매번 똑같은 풍경과 길을 지나 일터에 도착하면 어느새 또 그날의 하루는 저물어버린다.

우리는 이 과정을 인생에서 수천 번, 수만 번 반복한다. 나날이 빨라지는 초침으로 인해 의심할 겨를도 없이 전부 순리라 여기며 순응하며 산다.

어느 밤, 이상할 만큼 잠이 오지 않았다. 마음을 편안하게 가져본들 허사였고, 억지로 감은 두 눈은 부르르 떨려올 뿐이었다. 살며시 눈을 뜨자 어두컴컴한 천장만 보였다. 바깥의 하늘에는 영롱한 달과 별이 걸려 있어 괜찮지만, 꽉 막힌 방은 갑갑하기만 했다. 넋을 잃은 사람처럼 멍하게 허공만 바라보고 있자니 온갖 잡생각이 다 밀려왔다. 지난날의 기억, 지금의 걱정, 내일에 대한 불안과 설렘……. 공연스레 무거운 우울감이 나를 엄습해왔다. 과거의 내가 어떠했든, 현재의 내가 어떻든, 미래에 내가 어떻게 되든, 아무 상관 없이 그저 시간이라는 파도에 몸을 맡긴 채로 유유히 흘러가는 기분이 들어서였다.

이처럼 매일 살아가는 의미를 찾아 노력해도 메울 수 없는 공허함을 마주해야 할 때가 많다. 누구에게도 털어놓기 쉽지 않은 이 마음은 사람의 기본적인 감정일지도 모른다. '우울'이라는 뜻을 가진 '멜랑콜리melancholy'라는 말이 고대 그리스 로마 시대부터 생겼다고 하니, 사실상 오랜 역사 속에서 우리와 함께해온 것이다. 그래서일까. 그날따라 크게만 느껴지는 '아픔'과 '우울'도 이 거대한 세상의 흐름 속에서는 별거 아닐지도 모른다는 생각이 들었다.

말할 수 없는 슬픔

"힘내."
"그러고 싶지만 기운이 나질 않아."

"다 괜찮아질 거야."
"정말 그럴까?"

마음을 더 알아주길 바랐던 걸까. 언젠가 누군가가 건네준 응원의 말에 나도 모르게 힘 빠지는 대답만 늘어놓은 적이 있다. 뜻밖의 반응에 상대는 당황한 기색이 역력했고, '요즘 너무 우울해서 다른 사람까지 축 처지게 만드는 것 같다'고 솔직하게 털어놓았다. 미안하다는 말밖엔 달리 할 말이 없었다. 있는 그대로의 마음을 토해내 내 마음이 편해지는 것만 생각했지, 그걸 듣는 사람의 마음은 미처 헤아리지 못했던 것이다.

그때까지 나는 서로에게 의지하다 보면 그만큼 유대도 깊어진다고 믿었다. 그래서 속마음을 있는 그대로 쉬이 꺼내 보였고, 상대도 그렇게 해주길 바랐다. 그러나 힘을 북돋아주려는 이의 기운마저 푹 빠지게 만들어버렸으니, 결과적으로는 잘못된 생각이었다. 한두 번이 아니라 지속해서 그런 일들이 반복되면 누구라도 지칠 수밖에 없을 것이다. 그날 이후 심연에 있는 무거운 응어리를 누군가에게 털어놓기 전에는 심호흡을 먼저 가다듬는다. 감정에 취해 내뱉어버린 진심이 그리 좋은 결과로 돌아오지 않았기에, 이제는 제동을 걸고 다시 생각하는 습관이 생겼다.

오늘도 나는 감정이라는 속살을 전부 드러내지 않기 위해 옷을 입는다. 나날이 마음의 기온이 낮아지는 탓에 두꺼운 외투를 걸치고 목도리까지 꽁꽁 싸맨다. 물론 주변 사람들

도 마찬가지다. 타인에게 또 상처를 줄까 봐, 아니면 자신이 힘들까 봐, 멀찌감치 떨어져 서로 조심스럽기만 하다. 자신의 감정을 표현할 수단을 통제하는 우리는 점점 온기를 잃어간다.

누군가와 함께한 여름이 언제였는지 까마득하다.
또다시 오지 않을 것만 같은 기분이 드는 건 왜일까.

# 코로나 블루

쉬는 날 쌓인 빨래를 세탁기에 돌렸다. 윙윙 기계 소리가 반복해서 들려오자 몸이 나른해지고 졸음이 쏟아졌다. 잠시 눈을 붙일까 해서 침대에 누웠는데, 생각보다 곤히 잠들어 버렸다. 막상 일어나 보니 어느새 세탁은 끝나 있었다. 흐리멍덩한 정신으로 젖은 빨래를 익숙하게 건조기로 옮겼다. 동작 버튼을 누른 후 거실로 나가자 해가 지려는지 어스름했다. 그냥 멍했다. 여태 어떻게 살아왔는지 기억조차 안 날 정도로 아무런 생각이 들지 않았다. 또다시 소파에 누워 가만히 눈을 감자, 냉장고 소리 같은 백색소음이 하나둘씩 들려오기 시작했다. 뭐라 형용할 수 없는 감정들이 몰려왔다.

긴 정적을 깬 것은 벨소리였다. 무거운 몸을 이끌고 조심스레 현관문을 열어젖히자, 전날 온라인 마트에서 시킨 것들이 큼직한 종이가방 안에 담겨 있었다. 때마침 허기가 졌던 터라, 당장 먹을 음식부터 식탁 위에 올렸다. 신선식품은 재빨리 냉장고에, 과자나 라면은 수납장에 각각 넣었다. 언제부터인가 직접 장을 보는 일보다 이렇게 집으로 배송받는 일이 더 늘었다. 타인과의 접촉을 지양하는 언택트 시대에 제법 익숙해진 것이다.

당연하다 여기던 것들이 당연한 것이 아니라는 사실을 점점 알아가는 요즘 우리는 나날이 고독하고 우울해질 수밖에 없다. 외부에서는 바이러스의 위험에 노출될지도 모른다는 불안감이 상존한다. 밖으로 나갈 때는 '또 하나의 피부'라 불리는 마스크를 항상 챙기며, 상점에 들러서도 놓여 있는 손 소독제를 습관처럼 사용한다. 그러다 보니 가급적 외출을 자제하고, 편하게 숨을 쉬면서 온전히 있을 수 있는 공간인 집에서 주로 시간을 보낸다. 그게 마냥 좋은 일만은 아니다. 스

마트폰으로 넷플릭스나 유튜브를 보다 보면 한나절이 지나가기도 하며, 미디어에서는 사건사고나 자극적인 이슈만 앞다투어 보도하다 보니 그런 소식만 빠르게 접한다. 심지어 마땅한 이야깃거리가 없는 일상에서도 관련 대화만 이어진다. 우리의 마음도 차가운 뉴스와 냉랭한 댓글들로 인해 나날이 얼어만 간다.

당연했던 것들이 그리워지고,
서로를 녹일 수 있는
따스한 온기가 절실한 요즘이다.

내성

믿고 싶지 않은 사실을 받아들이는 데에는
이루 말할 수 없는 고통의 시간을 견뎌야 해.

그런데 일단 받아들이기만 한다면
거짓말처럼 고요해져.

감각이 점점 무뎌지는 거지.

## 희망의 이면

어떤 상황에도 굴복하기보다는 희망을 잃지 말라는 이야기를 들으면서 자랐다. 의심할 여지가 없는 말이었다. 조금씩 싹튼, 전부 잘될 것이라는 믿음이 언젠가부터 나를 지배하기 시작했다. '희망'이라는 감정은 그야말로 아름답기 그지없었다. 하지만 모든 일이 그렇게 순조롭게 술술 풀릴 리는 만무했다. 의도한 바와 전혀 다른 방향으로 흘러가거나, 더 깊은 절망의 구렁텅이로 빠지는 경우도 있었다. 그럴 때면 내가 품은 희망만큼의 고통이 밀려왔다.

아름답게만 보였던 희망의 이면을 뼈저리게 알게 된 지금은, 세상을 낙관적으로 바라보는 것이 마냥 좋게만 느껴지지는 않는다. 그렇다고 해서 그 힘을 부정하는 것은 아니다. 흔히들 아는 헬렌 켈러만 봐도 알 수 있다. 그녀는 태어난 지 18개월 만에 열병으로 인해 청각과 시각을 잃었지만, 일곱 살이 되던 해에 설리번 선생님을 만나고 나서 조금씩 세상과 소통하는 법을 배웠다. 그 결과 피나는 노력 끝에 점자 책을 읽는 것과 말하기도 가능해졌다. 칠흑 같은 방에 갇혀 있던 그녀에게 설리번은 희망이라는 빛이나 다름없었다. 이후 헬렌 켈러는 88세의 나이로 생을 마감하기까지 무려 열두 권의 책을 출판했고, 강연으로 수많은 이들의 심금을 울렸다.

어느 날 갑자기 아무것도 들리지 않고 보이지 않는다면 얼마나 절망적일까. 감히 상상조차 하기 힘들다. 솔직히 나라면 두려움을 감당하기 힘들어서 무너져버렸을 것 같다. 우리가 절망 속에서 살아갈 수 있는 방법은 고통을 받아들이거나, 더 큰 희망을 품거나, 둘 중 하나일 것이다. 하지만 대부분의 사람은 절망이라는 어둠 속에서 시련의 크기보다 더 큰 희망을 품기가 너무도 힘들다. 그런 점에서 헬렌 켈러는 가장 큰 절망을 희망으로 덮은 역사적 인물임이 틀림없다.

희망은 밤하늘에 떠 있는 별과 같다. 우리는 그저 반짝이는 별빛들을 따라 끊임없이 캄캄한 밤길을 걷는다. 각자의 이상향에 도달할 수 있을지는 모르지만, 그곳을 향한 마음은 쉽게 꺾이지 않는다. 어쩌면 이는 인간의 숙명일지도 모른다. 그리스 신화에서 판도라가 금단의 상자를 열자 병, 죽음과 같은 온갖 악이 담긴 것들이 세상 밖으로 튀어나온다. 그녀는 너무 놀란 나머지 상자를 닫는데, 아이러니하게도 그 안에 남아 있던 것은 다름 아닌 '희망'이다. 극악의 상황에서도 희망을 품으면 이겨낼 수 있다는 뜻인지, 아니면 다른 재앙의 종류처럼 '헛된 기대'와 같은 것인지는 정확히 알 수 없다. 차라리 애초부터 상자를 열지 않았으면 얼마나 좋았을까. 고통도 희망도 없는 생이 누군가는 무미하다고 말할지 몰라도, 그런 삶을 살아보지 않고서 어떻게 알까. 제아무리 유토피아를 상상해본들, 절망과 희망을 포장해야 살아갈 수 있는 현실이 눈앞에 있을 뿐이다.

삶은 절망과 희망,
딱 그 사이에 있다.

PART 3

혼자 있는
___시간에___익숙해지면

인생은 항상 뜻대로 되지 않아요

"인생은 항상 뜻대로 되지 않아요."

〈로마의 휴일〉을 보다가 오드리 헵번의 대사를 듣고서 멈칫했다. 평소 같았으면 그냥 흘려보낼 수도 있었을 텐데, 유독 일이 안 풀리던 때라 가슴에 더 사무치게 와 닿았다. 한때는 어떤 길이든 노력만 하면 순탄히 목적지에 도착할 줄 알았다. 그러나 뜻하지 않은 방향으로 가거나, 막다른 골목에 빠지기 일쑤였다. 갈망했던 마음이 컸던 만큼 허탈감은 쓰디썼고, 갈피를 잡지 못한 내 정신은 그곳에 갇혔다. 눈앞이 캄캄했다. 기력을 소실한 나는 좀처럼 움직일 수도 없었다. 그토록 바라던 꿈은 꿈처럼 아득해졌고, 펼쳐진 현실은 악몽 그 자체였다.

한참을 절망의 늪에서 헤매다 '인생은 뜻대로 되지 않는다는 것을 인정하고 나서야 다시 힘을 내어 그곳을 벗어날 수 있었다. 그랬기에 가볍게 툭 던진 그녀의 한마디는 나의 심금을 울리기에 충분했다. 옛날에 만들어진 흑백영화가 재미없다는 편견이 깨진 것도 이때부터였다. 출연한 배우들은 대부분 유명을 달리했지만 그들의 눈빛, 대사, 감정은 시대를 초월해 전해져온다.

영국 왕실을 이어갈 운명을 지닌 앤 공주와 신문기자 그레고리 펙은 짧은 시간 동안 깊은 감정을 나눈다. 신분을 초월한 사랑의 결실을 기대했지만, 그들은 아무 일도 없었던 것처럼 자신의 제자리로 돌아간다. 아직도 마지막 장면은 뇌리에서 잊히지 않는다. 눈물을 머금고서 웃음을 지어 보이는 앤 공주와 쓸쓸히 돌아가다 아쉬운 듯 뒤를 돌아보고서 다시 가던 길을 가는 그레고리 펙 사이의 말할 수 없는 절절함이 너무도 슬펐다. 그리고 그때 되돌릴 수 없는 나의 지난 추억이 영상과 함께 오버랩되어 보였다.

내가 살아온 날들이 마치 한 편의 영화처럼 스쳐 지나갈 때가 있다. 이 영화의 필름은 과거로 기슬러갈수록 채도를 잃어간다. 그럼에도 어떤 순간의 어떤 감정은 선명한 흔적으로 남아 있다. 가슴 떨리게 사랑하고, 치열하게 미워하고, 밤새워 슬퍼하던, 서툴고 뜨겁고 예뻤던 감정의 조각들이. 이 모든 시절을 보낸 내가 좋다가도 싫고, 싫다가도 애틋해서, 이제는 나를 웃게 하는 장면을 더 많이 간직하고 싶어졌다.

## 세상에서 제일 슬픈 건

누군가를 잊기 위해
또 다른 누군가에게 마음을 주면
후에 그 사람을 잊기 위해
또 다른 누군가에게 마음을 주게 된다.

사랑을 또 다른 사랑으로
잊으려 발버둥 칠수록
자신을 그만큼 빨리 잃는 법이다.

지나고 나서 돌이켜보면
누군가에게 사랑받지 못하는 것보다
내가 나를 사랑할 수 없다는 것이
더 슬픈 일이었다.

# 마음의 유통기한을 늘리는 법

"사랑이 어떻게 변하니?"
"헤어져."

처음 영화 〈봄날은 간다〉를 봤을 때는 상우의 말에 단호히
답한 은수가 매정해 보였다. 그런데 세월이 흐른 지금은 그
녀의 마음도 한편으로는 이해가 된다. 모두 인정하고 싶지
는 않지만, 이유야 어찌 되었든 마음에도 유통기한이 있다.
육류나 어패류처럼 금방 끝나버리는 것이 있는 반면에 통조
림처럼 꽤 오랫동안 변질되지 않는 것도 있어서다. 오래도록
변하지 않을지, 누가 먼저 변할지는 장담할 수가 없다.

품었던 감정이 시뻘건 사과라면, 변해가는 감정은 그 껍질이
벗겨진 노란 알맹이와 같다. 나는 누렇게 변색되어가는 마
음을 최대한 멀쩡하게 보이기 위해 칼을 대어 껍질을 깎고

또 깎아냈다. 고통은 점점 배가 되었지만, 멈출 수가 없었다. 어떻게 해서든 다시 원래의 색으로 돌리고 싶어서였다. 그러다 결국 씨가 적나라하게 드러날 만큼 앙상하게 변해버린 뒤에야 들고 있던 과도를 내려놓을 수 있었다. 태초부터 우리는 영원할 수 없는 존재임에도 불구하고 마음이 영원하다는 환상을 가진다. 하지만 그게 뭐든 시간을 이기기는 힘들다. 얼마나 늦출 수 있는지도 서로가 노력해봐야 안다.

만일 마음의 유통기한을 늘리고 싶다면
이 사실을 받아들이는 편이 좀 더 낫지 않을까.

## 베르테르의 슬픔

학창 시절 『젊은 베르테르의 슬픔』을 읽었을 때, 첫 장을 펼치기가 무섭게 책 속으로 빨려 들어갔다. 자신의 존재 의미를 '로테'에게서 찾는 베르테르의 감정선이 예사롭지 않게 다가왔기 때문이다. 그건 아마도 괴테가 '샤를로테 부프'라는 여인을 사랑했지만, 이미 약혼한 이가 있어 단념할 수밖에 없었던 실제 경험이 스며 있어서 더 그런 것 같다. 타인을 통해 존재 가치를 느끼는 베르테르와 당시의 내가 닮아서였을까. 아니면 그때는 너무 어렸던 걸까. 지금 생각해보면 별거 아닌 것들이 책을 읽고 난 뒤에는 감당할 수 없을 만큼 버겁게 느껴졌다.

인간의 본성에는 한계가 있다고 베르테르는 말했다. 즐거움, 슬픔, 고통도 견딜 수 있는 한계점을 넘으면 파멸하게 되고, 그 사람이 강한지 약한지보다는 정신적으로, 육체적으로 얼마나 견딜 수 있을지가 중요하다고 했다. 따라서 스스로 목숨을 끊는 것은 악성 열병으로 죽은 사람을 비겁하다고 생각하는 것만큼 이상하다는 것이다. 정말 기분이 묘했다. "아직 나약해서 그래", "단단해져야 해" 같은 다그치는 말보다 훨씬 더 위로받는 느낌이 들었다. 왜 '베르테르 효과'라 불릴 만큼 파급력이 강한 작품인지 처음으로 이해할 수 있었다.

하지만 저자인 괴테는 베르테르처럼 자신의 생을 자살로 마감하지 않았다. 무려 60년 동안 집필한 『파우스트』를 비롯하여 수많은 역작을 세상에 남겼다. 어쩌면 그는 20대 초반에 겪었던 실연의 고통이 담긴 기억의 조각을 작품 속에 있는 '베르테르'를 죽임으로써 떨쳐내고 싶었던 것이었는지도 모른다. 고백하건대 나도 또 다른 베르테르가 될 수 있었지만, 한계를 뛰어넘는 쪽을 택했다.

그 어떤 시련이든

버티고 한계를 극복해야만

다음이 있는 것이다.

인연이라는 기적


나는 큐피드의 금 화살을 맞은 아폴론
당신은 큐피드의 납 화살을 맞은 다프네

다가가면 용수철처럼 밀어내고
쫓아가면 연기처럼 사라지고

절절함만 더해
애간장만 타들어가는
잡을 수 없는 술래잡기

아아, 신의 장난이
너무도 야속하도다

화살을 꺾어보려 사력을 다했건만

끝끝내 받을 수 없는 마음에
푸르뎅뎅한 월계수가 되어버린 당신

궁술의 신 아폴론은 큐피드의 작은 화살을 보며 비웃는다.
이에 화가 난 큐피드는 금 화살을 아폴론에게, 납 화살은 다
프네에게 각각 쏜다. 그러자 놀라운 일이 벌어진다. 아폴론
은 다프네를 쫓아다니면서 사랑을 갈구하기 시작하고, 그녀
는 그런 그를 피해 끝까지 도망간다. 하찮아 보였던 화살에
는 엄청난 힘이 숨겨져 있었던 것이다. 결국에 가서는 지칠
대로 지친 다프네가 붙잡히기 직전에 강의 신 페네오스의
도움을 받아 딱딱한 월계수로 변한다.

아무리 각고의 노력을 기울여도 깊숙이 박힌 큐피드 화살을 떼어내기란 쉽지 않다. 그는 아직도 보이지 않는 곳에서 우리에게 화살을 쏘고 있다. 살면서 짝사랑을 해보거나 받아본 경험이 누구나 한 번쯤은 있으니까. 이때 일방적으로 마음을 줘야 하는 금 화살을 맞은 쪽이 더 힘들다. 구애를 받는 상대방은 그 마음을 모르는 경우도 있으며, 안다고 해도 받아줄 수가 없기에 그저 미안할 뿐이다.

인연이란 감정만 가지고서 되는 일이 아니라 시기와 상황 그리고 가장 중요한 상대의 마음까지 모든 합이 다 맞아떨어져야 이루어진다. 그렇지만 이루지 못한다고 해서 의미가 없는 것은 아니다. 이를 통해 단념하는 법을 배움으로 우리는 한층 더 성숙해질 수 있다.

## 비교의 끝


세상에는 부러워할 거리가 참 많지만,
비교의 끝에는 언제나
초라해진 자신만 남는다.


🌱


처음 열등감이라는 감정을 인지한 것은 어린 시절부터였다.
영유아기에 세상과 소통하는 법을 배우면서 그 씨앗이 생
겼고, 학교에 다니기 시작하자 싹이 돋아났다. 점수와 등수
로 평가받는 교육 환경도 영향을 줬을 테지만, 가족에서 학
급 아이들로 관계망이 넓어지면서 자연히 서로의 차이를 접
하게 된 것이다. 특히나 아픈 어머니와 함께 밖에 나갈 때면
사람들의 무시하는 시선이 은연중에 느껴졌다. 그래서였을

까. 매주 외식을 하고 정기적으로 화목하게 가족여행을 가는 친구의 평범함이 부러웠다.

한번은 그 집에 놀러 갔다가 먹은 따뜻한 밥 한 끼에 울컥 눈물이 차올랐다. 이상하게 보일까 싶어서 흘러나오는 슬픔을 꾹 삼켰다. 별거 아닌 것처럼 보여도 거기에서 오는 상대적 박탈감은 노력한다고 해서 메울 수 있는 것들이 아니었다. 더구나 나를 둘러싼 상황은 점점 더 악화되어갔다. 뭐든 안 될 거라는 주변 사람의 말에 자존감마저 바닥을 쳤고, 열등감이라는 줄기는 쑥쑥 자라 꽃을 활짝 피웠다. 두루두루 세상을 살아가기 위해서는 하는 수 없이 그것을 평범하다고 속이거나, 감출 수밖에 없었다.

인간은 애초부터 열등감을 느끼도록 태어난 존재가 아닐까.

각자 크기가 다를 뿐, 모두의 내면엔 어떠한 형태로든 결핍이 상존하고 있다. 사회를 이루는 주체가 우리인 세상은 하나의 커다란 비교의 집일지도 모른다. 부동산, 자동차, 학벌, 재산 등등, 서로를 나눌 수 있는 잣대가 너무도 많다. 이러한 것들은 열등함을 극복하여 타인보다 우월함을 느끼고 싶은 인간의 기본욕구나 다름없다. 제아무리 피하려 해도, 겉으로 아닌 척해봐도 소용없다. 속세를 떠나 자연으로 돌아가지 않는 한, 이 울타리를 완전히 벗어나기란 쉽지 않다. 상대와 나를 비교하는 마음은 세상을 살아가는 데 떼려야 뗄 수 없는 습관 같은 것이다.

어찌 보면 태초부터 인간이 사회를 이루어 문명을 이룩한 건 저마다의 열등함을 극복하기 위한 힘의 결과가 아닐까. 그걸 통해 삶의 동력을 얻을지, 그 속에 빠진 채로 비관할지, 비교의 집을 벗어나 외톨이를 자처할지, 적당히 받아들이고 통제하며 살지는 각자의 몫이다.

나는 내가 가진 결핍과 열등함을 받아들이기로 했다.
그리고 그 감정에 너무 빠져
나를 잃지 않기 위해 노력할 뿐이다.

# 같은 기억을 공유한다는 것

2002년 월드컵의 열기는 아직도 생생히 떠오른다. 붉은색 티셔츠를 입고 거리 응원을 나갔던 우리는 한마음이 되어 목청껏 응원했다. 그중에서 유독 감정이 극에 달했던 때는 이탈리아전이었다. 전반전에 한 골을 먹고 나서 체념하고 있다가, 후반 막바지에 터진 천금 같은 동점 골이 너무도 기뻐 서로 부둥켜안으면서 하늘을 찌를 듯이 함성을 내질렀다. 이어서 연장전에 터진 역전 골은 한 편의 영화를 방불케 했다. 그건 극적인 전세를 뒤집었기에 가능한 일이었다. 그때에야 왜 사람들이 감정을 이입하여 스포츠에 열광하는지 처음 깨달았다. 영광스러운 순간은 모두와 나눌수록 감동이 배가 되고, 몸이 벌벌 떨릴 정도의 전율도 느낄 수 있다. 그 짜릿함은 내 신경을 타고 가슴속 깊숙이 파고들어 선명하게 각인되어 오래도록 잊히지 않는다.

올림픽과 월드컵은 전 세계 사람들이 모두 함께 즐긴다. 유학 시절 문화와 자라온 환경이 다른 외국인 친구들과도 스포츠라는 공통된 주제만 있으면 시간 가는 줄도 모를 정도로 이야기꽃을 피울 수 있었다. 70억 명이 넘는 지구촌 인구가 공감대 하나로 묶일 수 있다는 것은 경이로운 일임이 틀림없다. 동시간대에 존재하는 우리는 역사의 주체로서 같은 시대를 살아가고 있는 것이다. 스포츠를 비롯하여 예술, 이념 등 많은 것이 그 시대만의 고유한 '시대정신'이 있다. 이런 것들이 하나하나 모여 우리를 기억하게끔 만들고, 같은 기억을 공유한 우리는 추억의 동반자로서 평생을 함께 공감하며 감정을 나눈다.

붉은 실

실연한 친구의 기분을 달래주려 술집으로 불렀다. 그는 자리에 앉자마자 평소에는 자주 마시지 않던 소주를 망설임 없이 물처럼 들이켰다. 어떤 말을 건네야 할지 몰라서 나도 애꿎은 술잔만 비웠다. 언제부터인가 타인의 연애에 관해서는 섣불리 이야기하지 않는다. 어떤 사정이든 간에 당사자가 아니고서야 그 마음을 절대로 헤아릴 수 없으며, 조언이나 위로를 해준들 잠시는 괜찮아질지 몰라도 현실은 크게 달라지지 않아서다. 그는 제법 술기운이 차올라서야 꾹 다물었던 입을 떼기 시작했다.

"헤어졌는데도 헤어졌다는 생각이 들지 않아. 하루아침에 남남이 되어버렸다는 사실이 도무지 믿기지 않아. 아무래도 같이 쌓아온 날들이 많아서 그런가 봐. 요즘 참 이상해. 어떤 때는 보고픈 감정을 주체할 수 없어서 받지 않는 전화를 계속 걸기도 하고, 어떤 때는 술에 취해 장문의 문자를 보내기도 해. 심지어 다음 날 아침에 눈을 뜨면 정신을 차리는 것이 아니라 혹시나 연락이 왔을까 싶어 핸드폰부터 확인하게 돼. 미련하기 짝이 없는 짓이라는 걸 알면서도 자제가 안돼. 온종일 밀려오는 그 사람 생각을 떨쳐낼 수가 없어서 일도 손에 잡히지 않아. 나이를 먹어도 이별은 여전히 힘드네. 정말이지 미쳐버릴 것만 같아. 앞으로 어떻게 해야 좋을까?"

"너무 어려운 질문이야. 그렇지만 이런 일들이 반복되다 무뎌지면 언젠가는 다시 일상으로 돌아오지 않을까?"

"혹시 그 사람과 다시 만날 수는 없을까?"

"인연이라면 만날지도……."

말끝을 얼버무려버렸다. 연애의 공식이나 방법 같은 것들보다는 '운명' 쪽을 더 믿게 되어버려서다. 원수지간이라도, 이

역만리에 떨어져 있어도, 붉은 실로 이어져 있다면 맺어질 인연은 맺어진다는 월하노인의 이야기가 점점 공감이 가는 건 왜일까. 실제로 주변을 둘러봐도 만나게 될 사람은 어떻게든 다시 만나고, 안 되는 사람은 제아무리 애써도 다시 만날 수가 없었다.

어쩌면 인연이라는 실은
노력만으로 이을 수 있는 것이 아니라,
애초부터 붉은 실로 이어져 있는 것인지도 모른다.

## 삶이 우리를 갈라놓을지라도

한 친구는 결혼했고
한 친구는 이혼했다.

한 친구는 이직했고
한 친구는 퇴사했다.

한 친구는 외국에 있고
한 친구는 고향에 있다.

한 친구는 웃었고
한 친구는 울었다.

이처럼 삶이
우리를 갈라놓을지라도

친구라는 사실만큼은 변함이 없다.

🌿

휴일이라 새벽녘까지 원고 작업을 했다. 해가 중천에 떴을 때 겨우 눈을 떴다. 몽롱한 정신을 가다듬은 다음에 부스스한 몰골로 거실로 나갔다. 밀려오는 배고픔을 달래기 위해 망설임 없이 우유에 시리얼을 타서 먹었다. 딸가닥딸가닥. 정적 속 숟가락과 그릇이 닿는 소리만 들려올 뿐이었다. 괜스레 허전한 마음이 들어 TV를 켰다. 연예인들이 모여 해외여행을 가는 프로그램이었는데 왁자지껄 떠드는 소리가 집 안을 메우자 마음이 편안해졌다.

때마침 해외에 사는 친구로부터 연락이 왔다. 서로 멀리 떨어져 있다 보니 기껏해야 1년에 한 번 볼까 말까 한 사이지만, 허물없이 근황을 늘어놓는다. 친구는 일에 너무 치여서 주말에도 녹초가 되어 아무것도 할 기력이 없다고 하소연했다. 그러다 "너는 어떠냐?"라는 물음에 나도 있는 그대로 오늘의 일상을 털어놓았다. 우리는 동시에 쓴웃음이 새어 나왔다.

같은 시절을 보낸 친구들은 제각기 다른 모습으로 살아간다. 원하는 바를 이루어 웃음꽃이 피어나는 이들이 있는 반면, 삶이 뜻대로 풀리지 않아 고통 속에서 신음하는 이들도 있다. 후자의 경우는 대부분 연락이 닿지 않는다. 나 역시 상황이 안 좋을 때는 지인들의 연락을 피했던 터라 그 마음을 이해할 수 있다. 그래서인지 근래에 들어서 '친하다'는 기준을 다시금 생각하게 된다. 서로가 가까워서 자주 만날 수 있다면 더할 나위 없이 좋겠지만, 가끔 연락해서 스스럼없이 속사정을 털어놓을 수 있는 정도만 되어도 친하다고 말할 수 있다.

돌이켜보면 서서히 멀어진 사이가 많다. 분명 자주 만나면서 호형호제하는 두터운 사이였는데, 이제는 어딘가에 연락처만 남아 있을 뿐이다. 딱히 다투거나 관계가 소원해질 만한 뚜렷한 계기가 있었던 것도 아니다. 쳇바퀴처럼 굴러가는 바쁜 일상 탓도 있지만, 각자 말 못 할 사정으로 서로를 신경 쓸 겨를이 없었던 것뿐이다. 그 기간이 길어지면 길어질수록 관계를 가로막는 벽은 더 높아지고, 나중에는 차마 넘어갈 엄두조차 나지 않게 된다.

하지만 우리는 안다.

언젠가 다시 만날 수 있는 기회가 있다면

반가운 마음으로 예전처럼 서로를 볼 수 있다는 것을.

## 고독 속에 있는 나를 바라볼 때


영롱하게 내리쬐는 햇빛.
지그시 눈을 감은 채
비스듬히 고개를 젖히면
따사로운 기운이 내 얼굴로 스며들어.


식물이 광합성을 할 때도
이런 황홀한 기분에 젖겠지.


슬며시 눈꺼풀을 들어 올리자
동공 사이로 빛이 들어와.


어라, 너무도 눈부셔.
태양을 들여다보려 할수록
빛이 너무 강렬해서

도무지 눈을 뜰 수가 없어.

그런데도 너무 궁금해.
저 뒤편에는 뭐가 있는지.

더 강렬한 빛이 있으려나.
더 짙은 어둠이 있으려나.

지독히 혼자라는 기분이 들 때가 있다. 가까운 이들이 내
마음을 몰라줄 때, 모두 싱글벙글 웃고 있는데 나만 그러지
못할 때, 속마음을 마땅히 털어놓을 데가 없을 때, 깊은 수

렁에 빠졌는데 손 내밀어주는 이가 없을 때, 어두운 밤길을 고적하게 홀로 걷고 있을 때, 함께했던 이들의 빈자리가 사무치게 크게 다가올 때, 대체로 어떠한 감정이 극에 달하거나 마음이 휘청일 때 홀로 남겨져 있으면 유독 쓸쓸하게 느껴지는 것 같다.

얼마 전에는 먼동이 트기 전까지 불면에 시달렸다. 진종일 커피를 너무 마신 탓이었을까. 나도 모르는 사이 쌓인 스트레스 때문이었을까. 잠을 청하기 위해 머릿속을 비워보려 해도 파도처럼 밀려오는 온갖 잡념을 떨쳐낼 수 없었다. 대낮에는 사람들과 활동적인 시간을 보내다 보니 딴생각할 겨를이 없지만, 잠들기 전에는 짙은 어둠에 둘러싸여 별의별 생각이 다 든다. 의식과 무의식의 경계에서 떠오르는 상념의 흐름을 통제하기가 쉽지 않다.

그것은 지난날의 추억, 지금 느끼는 감정, 현실에 대한 불안, 미래에 대한 걱정 같은 형태로 다양하게 나타난다. 그리고 그 끝에는 언제나 외면하고 피해왔던 존재에 관한 고민이 나를 기다리고 있다.

'어떻게 살아야 할까.'
'잘 살고 있는 걸까.'
'이렇게 살아서 결국 남는 것은 무엇일까.'

끝없이 이어지는 사유 속에서 답이 없는 물음이 꼬리에 꼬리를 물다 보면 문득 삶의 무상함을 느끼기도 하고, 또 어떤 때에는 '나'라는 존재에 의미를 부여하여 내일을 살아갈 힘을 다시 얻기도 한다. 그간 피해왔던 심연에 있는 진짜 나를 마주하는 시간이나 다름없다.

이튿날 아침 깨어나면 간밤의 고독은 눈부신 햇살과 함께 자취를 감춘다. 내 마음도 매일 낮과 밤이 변하는 것이다.

표면의 내가 아닌
심연에 있는 진짜 나는

지독히 혼자일 때,
짙은 고독에 둘러싸일 때
마주할 수 있다.

## 극도의 슬픔을 피하는 법


만일 모든 것이 무너져
밑바닥으로 떨어진다면
혼자가 된다고 생각하는 편이 낫다.

누군가 곁에 있어준다면
그 고마움은 이루 말할 수 없을 테고

정말로 아무도 없더라도
마음의 준비로 인해
그나마 고통은 덜할 것이다.

관계에 대한
환상이나 기대를 버림으로써
우리는 보다 초연해질 수 있다.

## 무언가를 잊어야 한다는 것은

로미오와 줄리엣은 첫눈에 반한다. 그렇지만 운명의 장난인지 서로의 가문은 원수지간이다. 나중에야 사실을 알게 된 그들은 이 사랑이 순탄치 않을 것을 직감하지만, 주체할 수 없는 감정을 막을 방도가 없다. 밤이라는 외투를 빌려 밀회를 이어가던 둘은 로렌스 신부를 통해 몰래 식을 올린다. 그 무렵 하필이면 가문 간의 감정의 골이 극에 달한다. 로미오는 그만 운명의 소용돌이에 휘말려 줄리엣 가문의 사람을 죽이는 바람에 영지에서 추방당하게 된다. 이에 줄리엣은 로미오와 떠나기 위해 계획을 세운다. 로렌스 신부의 도움을 받아 약을 마시고 죽은 척한 상태로 장례를 치르기로 한 것이다. 하지만 불행하게도 그 계획이 담긴 편지가 로미오에게 전달되지 못했다. 그는 그녀가 죽은 줄로만 알고 곁에서 독약을 마신다. 뒤늦게 깨어난 줄리엣은 싸늘하게 죽은 로미오를 발견하고는 슬픔을 견디지 못해 단검으로 자신의 가슴을 찌른다.

아리스토텔레스가 말하길 '누군가를 사랑하는 일은 그 사람과 자신을 동일시하는 것'이라고 했다. 더군다나 두 청춘 남녀는 가장 사랑이 불타오를 때, 세상 그 무엇이 와도 막을 수 없을 정도였을 것이다. 이때 상대를 잃는 상실감을 셰익스피어는 죽음으로 표현함으로써 고통을 극대화해 보여준다. 〈로미오와 줄리엣〉이 이토록 오랫동안 사랑받는 이유는 그들의 절절함이 우리의 마음속 깊은 곳까지 와닿기 때문일지도 모른다.

어떤 감정이든 지나간 자리에는 반드시 흔적을 남기며, 그것을 잊는 일은 그 크기만큼의 고통이 뒤따른다. 그렇지만 마음의 크기와 잊는 데에 걸리는 기간이 꼭 비례하지는 않는다. 어떤 때에는 빨리 잊히지만, 어떤 때에는 지독하게 오래 가서다.

나도 사랑이라는 감정에 환상을 품었던 청춘의 시절에는 이별이 유독 힘들게 느껴졌다. 유난히 보고 싶어지는 날에는 세수하다가도 문득 마주친 거울 속에 있을 것만 같았다. 기차를 타다가도 차창 속에 있을 것만 같았고, 잠들기 전 들여다본 핸드폰 액정 속에서도 나타날 것만 같았다. 애써 생각을 떨쳐보려 드라마에 몰입해봐도 소용없었다. 급기야 눈을 감아도 보였다. 어쩔 수 없이 내일을 살아가기 위해 처음부터 없었던 일이라 최면을 걸 수밖에 없었다.

무언가를 잊어야 한다는 것은 그 누구를 위한 일이 아니다. 내가 살기 위해서다.

## 정도를 지키는 삶

너무 고개를 조아리면
균형을 잃고 넘어져버릴지도 몰라.

비록 하늘을 바라볼 수는 없지만
그렇다고 해서 땅만 보고 살 수도 없어.

굽혀야 할 때만 적당히 수그리고
고개를 들어야 할 때는 어깨를 쫙 펴는 거야.

자신이 다치지 않는 선에서
정도(正道)를 지키는 거지.

## 수많은 실패를 통해 깨달은 것들

1. 뭐든지 겉으로는 쉬워 보인다.

2. 노력만으로 이룰 수는 없다.

3. 세상에 안 되는 일도 분명 있다.

4. 그리고 분명 그 이유도 있게 마련이다.

5. 포기하면 마음은 편한데 막상 쉽지 않다.

6. 결과보다 과정에 의의를 두는 편이 마음은 편하다.

"가장 완벽한 계획이 뭔지 알아? 무계획이야."

영화 기생충에서 송강호 씨가 말한 대사가 쉽사리 귓전을 떠나지 않았다. 여태껏 수많은 돌부리에 걸려 넘어지고, 다시 기운을 내어 수없이 일어섰다. 계획이 이루어질 것만 같은 순간에도 거짓말처럼 불가항력으로 인해 수포가 되곤 했다. 망연자실할 수밖에 없었던 그때 느낀 비애는 이루 말할 수 없을 정도로 쓰라렸다. 백날 계획을 세워도 결과가 바뀌지 않는다면, 펼쳐지는 일들에 순응하는 편이 차라리 마음은 편하다. 그래서인지 '무계획'이라는 말이 너무도 달콤하게 다가왔다. 낙방의 고배를 마실 일도 없으며, 이상과 현실 사이의 괴리감에 힘들어하지 않아도 된다. 아무것도 하지 않으면 실패할 일도 없으니, 이로 인해 좌절감에 빠질 필요도 없다.

하지만 나는 그렇게는 살 수가 없다. 아무런 계획도 없으면 '나'라는 존재의 의미를 잃어버릴 것만 같아서다. 비록 실패하더라도 '시도를 해보는 것'과 '시도하지 않는 것'은 마음이 다르다. 개인차가 있겠지만, 인생에서 아무것도 하지 않는 쪽이 더 고통스러울 것 같다.

몇 번이고 좌절해도 괜찮다.
원하지 않는 방향으로 흘러가도 괜찮다.
앞으로도 나는 계획을 계속 세울 것이다.

## 고집과 고집


신념이 자신을 초월하면 둘 중 하나다.
위대해지거나, 고집불통이 되거나.

마음속에는 고집이라는 불꽃이 있다. 그 불은 생이 다할 때
까지 꺼지지 않으니 우리의 일부라고 해도 과언이 아니다.
서로가 멀찌감치 떨어져 있을 때는 맞닿지 않지만, 수없이
부대끼다 보면 크고 작은 화재가 발생하게 마련이다. 많은
사람과 어울리는 모임이나 조직일수록 다툼의 빈도가 잦은
것을 보면 알 수 있다. 그중에서도 특히 윗사람이 일방적으
로 고집을 부리는 경우 하루하루 뜨거운 열기를 견뎌야 하
는 입장이니 가장 힘들게 느껴진다.

살아보니 타고난 내 고집을 굽히기도, 또 상대의 고집을 꺾
기도 참 힘들다. 그리하여 서로의 입장 차를 좁히지 못해 마

음이 멀어진 사람이 몇 있다. 제아무리 곁에 있는 이들일지라도 얼마나 양보하고 배려할 수 있는가에 따라 앞으로의 관계를 결정짓는다. 일방적으로 져주기만 하는 사이의 말로는 불 보듯 뻔하다. 고집이라는 불이 서로 맞붙어 활활 타오르다가 금방 꺼지기라도 한다면 다행이지만, 다시는 돌이킬 수 없는 잿더미로 변해버릴 수도 있어서다. 그래서인지 예전에는 부대끼며 사는 게 좋다고 믿었지만, 화상 자국이 선명히 남아 있는 지금은 나도 모르게 불이 닿지 않게 거리를 둔다.

더는 마음을 데이고 싶지 않아서다.

허상

보이지 않는 무언가를 믿는 일은
생각보다 감정 소모가 심할뿐더러
마지막에는 사람을 미치게 만든다.

## 의미 없는 습관들

샤워 후에 마시는 맥주 한 캔은 톡 쏘는 청량감이 그야말로 일품이었고, 약간 알딸딸해진 기분으로 침대에 누우면 뒤척이는 시간 없이 바로 잠들 수 있어서 좋았다. 그리하여 언제든 꺼내 마시고 싶은 마음에 맥주를 냉장고에 한가득 사서 넣어두었다. 거기까지는 좋았으나, 힘들다는 핑계로 아픔을 벗 삼아 만취 상태까지 마시기 시작하면서 만성으로 변해갔다. 이튿날 아침 목덜미가 타들어가는 갈증과 두통으로 고생해도 그 순간만 후회할 뿐, 괴로움을 일시적으로 잊게 해주는 술을 습관처럼 찾는 날이 늘었다. 심지어 점점 많은 양이 필요했다. 그제야 다들 왜 그렇게 술에 취해 사는지 처음으로 이해하게 되었다.

그나마 다행히도 당시 일상이 눈코 뜰 사이 없이 바빠지는 바람에 어느덧 중독에서 벗어날 수 있었다. 최근에 만난 친구도 절주와 금연에 성공했다.

"예전에 연인이 술과 담배를 달고 살았어. 그때는 같이 어울리면서 함께하는 게 정말 좋았지. 딱히 끊어야겠다는 생각도 들지 않았고. 그런데 헤어지고 나서까지 아무 생각 없이 손이 가더라. 어떻게 보면 이유 없는 나쁜 습관이었던 거지. 다행히도 자각한 순간부터는 정신이 번쩍 들어서 그만둬야겠다고 마음먹었어."

"금단 증상으로 힘들지는 않았어?"

"운이 좋았는지 그런 건 딱히 없었어. 하지만 그때 단호히 결심하지 않았더라면, 나는 아직도 그러고 있었을지도 몰라."

수긍이 가서 조용히 고개를 끄덕였다. 어떤 습관이든 마음을 먹는 일이 제일 중요하다. 쉽게 끊을 수 있을지, 후유증에 시달릴지는 그다음 문제다. 작년에 나도 아인슈페너의 층마다 다른 오묘한 맛에 빠져 하루에 여러 잔을 마셨다. 그러던 어느 날, 문득 '내가 이걸 왜 마시고 있지'라는 의문이 피어올랐다. 시작이 어쨌든 간에 정도를 넘어서면 회의가 따르게 된다. 기호식품은 다 마찬가지라 본다. 아무 생각 없이 행한 것들은 훗날 독이 되어 돌아올지도 모르니, 적어도 자신의 습관에 의미는 부여해야 하지 않을까 싶다.

## 새해 소망

세상 곳곳에서 간절함을 담은 주문이 각기 다른 언어로 들려온다. 가만히 생각해보면 우리는 어릴 때부터 참 말도 안 되는 것부터 시작해서 여러 가지 소원을 빌어왔던 것 같다. 소원 수리함은 이미 넘쳐흐를 정도로 가득 차서 들어갈 공간조차 없을 텐데 말이다. 그래도 꼭 때가 되면 혹시나 하는 마음에 또다시 소원을 빈다.

올해도 어김없이 새해가 밝았다. 칠흑 같은 어둠 속에서 붉은 태양이 서서히 자태를 드러내자 언제나처럼 무사와 안녕을 기원하면서 소망을 빌었다. 시들어버린 '작년'이라는 꽃은 저 깊은 바다로 던져버리고, '올해'라는 새로운 꽃씨를 작은 희원과 함께 다시 땅속에 심은 것이다. 어디서부터 다시 시작해야 할지 갈팡질팡할 때는 마음가짐을 새로이 다질 수 있는 1월 1일이 일종의 위안이 된다.

앞으로 얼마나 더 꽃을 심을 수 있을까.
난만히 필 수는 있을까.

그 무엇도 알 수 없는 인생이지만
그렇기에 더 간절히 소망을 빌어본다.
이번에는 제발 소원 수리함에 들어가길 기도하며.

정말 중요한 일을 앞두고 있다면
무조건 잘될 거라는 막연한 기대는
잠시 내려놓는 것도 좋다.

조금 더 뾰족한 시선으로 오늘을 바라보고
그에 맞는 최선이 무엇인지 찾을 수 있도록.

## 확률을 높이는 일

유학 생활 중 후쿠오카 공항에 가야 할 일이 생겼다. 마침 방학이라 무료함도 달래볼 겸 50km나 되는 거리를 자전거를 타고 출발했다. 얼마나 달렸을까. 가는 도중 이른 오전임에도 불구하고 길게 줄지어 서 있는 사람들이 보였다. 호기심에 이끌려 가까이 가서 확인해보니, 다들 파친코의 오픈 시간을 기다리고 있었다. 얼핏 친구에게 들었던 이야기가 떠올랐다. 기계마다 그날그날 확률이 다르기 때문에 좋은 자리를 차지하기 위해서는 새벽이나 아침부터 입구 앞에서 기다리는 것이라 했다. 날도 제법 쌀쌀했는데 추위도 끄떡없다는 듯 모두 비장한 표정이었다.

정오 무렵 공항에 도착했다. 예상보다 사람이 많아 당일 내에 일을 끝내지 못 할지도 모른다는 불안에 휩싸였다. 혹시나 해서 담당 직원에게 얼마나 소요되는지 물어보았다. 오늘 안에 가능은 하나, 자그마치 세 시간을 넘게 기다려야 된다고 답해주었다. 가만히 의자에 앉아 멍하게 있는 일은 정말 쥐약이라 기운이 푹 빠졌다. 그나마 여기는 따뜻한 실내공간이니, 아까 파친코 앞에 있던 사람들보다는 괜찮다며 혼자서 위안으로 삼았다.

문득 궁금했다. 그들은 도대체 어떤 심정일까. 언젠가 돈을 많이 딸 수 있다는 실오라기 같은 희망으로 일종의 최선을 다해보자는 마음일까. 차례가 오기 전까지 그 풍경을 머릿속에서 지울 수가 없었다. 주변에서 익히 들어서 알고는 있었지만, 한 번쯤은 나도 가보고 싶어서 더 그랬던 것 같다. 볼일을 마치고 다시 길을 나설 즈음 목적지는 자연스레 집이 아닌 파친코로 바뀌었다. 분명 공항에 올 때는 숨이 차고 다리도 아팠는데, 처음 가보는 세상에 대한 설렘으로 가득해지니 거짓말처럼 하나도 힘들지 않았다.

제법 어둑해져서야 파친코에 도착했다. 반짝반짝 현란한 네온사인은 마치 환영 인사라도 해주는 것처럼 보였다. 입구로 들어가기에 앞서 '이번만 가고 다음에는 절대로 발을 들이지 않겠다'며 나와의 약속을 먼저 했다. 이윽고 떨리는 마음으로 문을 열어젖혔다. 수많은 기계 소리가 화음을 이루며 귓전으로 들려왔고, 진한 담배 냄새가 코를 찔렀다. 지갑을 확인해보니 만 엔 정도 있었다. 어디서 본 건 있어서 천연덕스럽게 돈을 구슬로 바꾸고는 빈자리를 찾아 앉았다. 살짝 곁눈질로 옆에 있는 사람을 쳐다보니, 무신경한 손길로 기계보다 더 기계처럼 기계를 조작하고 있었다. 나도 구슬을 넣고 본격적으로 시작하자 점점 그 속에 동화되어갔다.

한두 시간 동안 몇 번을 이기고, 수없이 졌다. 그 많던 구슬은 어디로 갔는지 자취를 감춘 지 오래였다. 이렇게 될 거라고 짐작은 했었지만, 막상 닥치고 보니 씁쓸하기 그지없었다. 더구나 시스템상으로 이길 수 없음을 다 알면서도 꿋꿋이 이곳에 앉아 있는 사람들이 너무도 안쓰러워 보였다. 뒤도 돌아보지 않고 밖으로 나갔다. 저녁때를 놓친 탓에 허기가 졌다. 주머니를 탈탈 털어보니 딸랑 200엔밖에 없었다. 아니, 그거라도 있어서 다행이었다. 편의점에 들러 프라이드 치킨 한 조각을 사서 뜯어먹자 짭짤하고 담백한 맛이 그나마 위로가 됐다.

그날 이후로 다시는 그곳에 가지 않았지만, 한 가지 배운 점은 있다. 우리의 인생도 이길 확률이 낮은 게임과 비슷하다. 똑같이 최선을 다해도 운이 좋은 사람들은 많은 것을 가지거나 더 빨리 이루어낸다. 그럼 내가 할 수 있는 다른 노력은 뭘까. 자신의 운을 끌어올릴 수 있는 확률을 높이는 일이 아닐까 싶다. 추운 날씨에도 굴하지 않고 좋은 자리에 앉기 위해 입구에서 기다리던 이들처럼 말이다.

## 달콤한 환상엔 꼭 그만한 위험이 따른다

2007년, 나는 전업으로 데이 트레이더를 꿈꿨다. 각종 시황과 차트를 보며 주식 단타 매매를 주로 했었는데, 돈을 잃지 않을 자신감과 복리의 마법에 현혹되어 환상에 젖어 있었다. 주말과 휴일을 제외한 나머지 매일 아침 9시에는 어김없이 장이 열렸고, 항상 전투에 임한다는 각오로 잔잔한 음악을 들으면서 마음을 다졌다. 분 단위, 빠르게는 초 단위인 기술적 매매를 하기 위해서는 감정을 배제해야 했으며, 급등과 급락이 난무하는 그곳은 그야말로 아수라장이나 다름없었다. 조금이라도 원칙을 어기면 와르르 무너져 돈을 잃은 것도 정말 한순간이었기 때문이다.

그 속에는 수많은 이의 희로애락이 담겨 있었다. 누군가는 거금을 벌어 환희에 젖고, 다른 누군가는 전 재산을 탕진하고 실의에 빠졌다. 나도 마찬가지였다. 십 분 만에 몇 백을

벌었을 때는 달콤한 꿈에 취해 절로 웃음이 새어 나왔지만, 손실이 큰 날은 넋이 나간 채로 아무것도 못 하고 멍하니 있기도 했었다.

쉴 새 없이 움직이는 모니터를 눈이 빠져라 응시하다 보다 보면 그곳이 세상이라는 착각이 들었다. 그러던 어느 날, 감정에 휘말려 손절 타이밍을 놓치는 바람에 큰 손실이 났다. 무언가에 정말 홀리기라도 했던 걸까. 어떻게든 이를 복구하고 싶은 조급함에 그만 원칙을 깨고 말았고, 며칠 뒤엔 깡통 계좌가 되어버렸다. 당시엔 전 재산이나 다름없었던 수천만 원을 잃어버리고 만 것이다. 그 심정을 어떤 말로 표현할 수 있을까. 허망하기 그지없었다.

'여행을 갈 걸 그랬나.'

'차라리 그 돈으로 맛있는 거나 사 먹을걸.'

후회를 거듭하다가 실의에 빠진 채 망연자실했다. 그렇지만
지난 6개월 동안 관련 서적을 두루 섭렵하고 노력해왔던 것
들이 머릿속을 스쳐 지나가자 쉽게 포기할 수가 없었다. 어
습게도 다시 종잣돈을 마련하기 위해 마음을 추슬렀다. 그
무렵이었다. 재야의 주식 고수로 유명했던 분의 자살 소식
이 들려왔다. 인터넷에 올라온 유서를 천천히 읽어봤는데 나
도 모르게 정신이 번쩍 들었다. 단기적으로는 수익을 얻을
수 있으나, 인생을 전반적으로 봤을 때는 그 시장에서 살아
남기가 바늘구멍 통과하기나 다름없었던 것이다. 그제야 가
치를 기반으로 한 장기 투자에 관심을 가지게 되면서 그곳
에서 빠져나올 수 있었다.

곧 2008년 세계 금융위기가 찾아왔고, 다행히도 그때 과감히 투자했던 것들이 수익이 나서 손실을 복구할 수 있었다. 비록 데이 트레이더가 되겠다는 마음은 완전히 접었지만, 지나고 보면 결코 그 시간이 헛되지만은 않았다. 환상을 품었던 것들은 이길 확률이 희박한 도박이나 다름없다는 사실을 뼈저리게 깨달았고, 명상을 통해 조금이나마 감정을 통제하는 법을 배웠으니 말이다.

물론 세월이 흐른 지금도 경제 시황이나 각종 지표를 확인하는 습관은 남아 있다. 주식과 부동산도 꾸준히 해왔으니, 아무래도 자본주의가 만들어놓은 판에서 벗어나기가 쉽지 않은 것 같다.

최근에는 금융 시장의 넘치는 유동성이 가상화폐 시장에도 광풍을 일으켰다. 24시간 내내 오르락내리락하는 차트를 보자마자, 문득 데이 트레이더를 하던 시절이 생각났다.

세상에 있는 한정된 파이를 모두가 똑같이 나누어 가질 수는 없다. 그렇기에 소문에 휘둘려 부화뇌동해서는 안 되며, 활활 타오를수록 그만큼 조심해야 하는 법이다. 역사적으로 봤을 때도 모두가 기회라고 외치는 곳에는 진짜 기회가 없었고, 도리어 위기라는 공포 속에 기회가 있었다.

인생도 크게 다르지 않다. 삶에 변화를 주거나 한 단계 더 높이 도약하기 위해서는 위험을 감수해야 한다. 현재를 지키고 잃지 않으려 노력하며 살 것인가, 위험을 무릅쓰고 도전할 것인가. 위기에서 오는 절망을 비관할 것인가, 기회로 삼을 것인가. 우리는 항상 이 딜레마에 빠져 있다.

늘 그랬듯 선택은 자유지만,

책임은 전적으로 자신이 진다.

PART 4

나만은 나를
___믿고___걸어가기로

## 나만은 나를

당신을 끝까지 믿고
기다려줄 수 있는 사람이
누구인 줄 아나요?

그 누구도 아닌
바로 당신이에요.

## 분노에 대하여

예전에는 감정 조절이 서툴렀다. 순간 욱하는 심정에 모진 말엔 모진 말로 되받아치기 일쑤였고, 그 과정에서 본의 아니게 쉬이 지워지지 않는 상흔을 상대에게 남기기도 했다. 지금도 유독 다툼이 잦았던 그 사람이 떠오른다. '오늘은 참아야지', 몇 번이고 마음을 다잡아본들 소용없었다. 단단히 마음먹고 만나도 막상 부딪히면 다짐이 무색해졌다. 그날도 도화선이 정확히 뭐였는지는 기억이 안 나지만, 무언가에 홀린 듯 불만이나 지적을 주거니 받거니 하면서 한참을 옥신각신했다. 한껏 울분을 토하고 나서야 지칠 대로 지친 우리는 겨우 잠잠해졌다. 한동안 무겁고 건조한 정적만이 맴돌았고, 기운마저 상실했던 것인지 누구도 먼저 침묵을 깨지는 않았다. 아마도 각자의 잘잘못을 떠나 세상엔 마음만으로 안 되는 사이도 있다는 것을 서로가 무언중에 느꼈을지도 모른다.

헤어지고 돌아오는 길, 가슴에 커다란 멍울이 진 것처럼 답답했다. 조금이나마 해소하고픈 마음에 잔잔한 음악을 들었다. 흘러나오는 멜로디에 천천히 격한 감정을 실어 보내자, 날이 섰던 마음도 점차 누그러지기 시작했다. 이내 스르르 졸음이 밀려왔다. 기력을 많이 소모한 탓에 어딘가 누울 자리만 있으면 금방이라도 잠들어버릴 것만 같았다. 그런 채로 며칠이 흘렀고, 서로에게 건넨 날 선 말들이 진심이 아니었음을 알았음에도 우리는 그날 이전으로 돌아갈 수 없었다. '왜 그랬을까' 하는 뒤늦은 후회가 물밀듯 밀려와도 돌이킬 수 없어서다. 순간적으로 차오르는 감정으로 인해 정말 많은 것들을 잃을 수 있음을, 소중했던 사람과 멀어지고 나서야 절실히 깨달았다. 하지만 그와 동시에, 만남을 계속 지속한다 해도 같은 실수를 되풀이하지 않기는 힘들다는 것 역시 알고 있었다.

살면서 한 번도 화를 내지 않아본 사람이 있을까? 분노는 인간이 가진 원초적인 감정임과 동시에 스스로를 지키기 위해 작동하기도 한다. 자신을 위협해오는 갑작스러운 상대의 분노 앞에서 침착함을 유지하기란 쉽지 않다. 순식간에 심박이 빨라지면서 흥분하게 되고, 방어막이 생긴 것처럼 각성 상태가 된다. 심할 경우 이성을 잃어 공격적으로 변하는 이도 있으며, 가만히 참기만 하다가 안에서 열이 응축되어 대폭발이 일어나는 이도 있다. 그래서인지 일찌감치 갈등이 깊어진 관계는 걷잡을 수 없이 악화되는 참사를 피하고자 서로 거리를 두거나 아예 멀어지는 쪽을 택한다. 가족이든 친구든 어떤 관계든 마찬가지다.

분노를 조절하는 일은 나이가 들어도 쉽지 않다. 다만 사회화 과정을 통해 자신만의 방법으로 해소하고 통제하는 데

능숙해질 뿐이다. 표출한 만큼 내게 어떠한 형태로 돌아올 수 있다는 사실을 항상 인지해야 한다. 분노를 어떤 식으로 해소할지가 결국 그 사람의 인생을 결정 짓는 데에 큰 영향을 미치기 때문이다.

# 생은 아름답다는 말

울긋불긋 만개한 꽃들은 어느새 자취를 감추고, 쏘아 올린 폭죽도 밤하늘의 불꽃이 되어 눈 깜짝할 새 사라진다. 원하는 바를 이루어 짜릿한 전율을 느끼는 것도 한순간이며, 영원하게만 느껴지는 청춘도 지나고 보면 그리 길지가 않다. 이상하게도 유독 눈부시게 아름다운 것들은 오래가지를 못한다. 그 시간이 짧은 만큼 소중하여 뇌리에만 선명히 남아 있을 뿐이다.

우리는 그런 순간들로 만들어진 영화 한 편을 저마다 가슴속에 품고 산다. 힘든 현실을 회피하기 위해 구태여 상기하기도 하며, 취기를 빌려 달뜬 마음에 자신의 이야기를 털어놓기도 한다. 다들 평소에 티를 내지 않을 뿐이다. 나도 가끔 드라마를 보다가 공연스레 감정이입이 되는 장면이 있다. 스쳐 지나가는 옛 생각에 피식 웃음이 새어 나오거나, 눈시

울이 붉어져 콧등이 시큰해지기도 한다. 아무래도 세월이
흘러 감정이 무뎌져도 더 아름답게 다가오는 날들이 있는
것 같다. 때로는 그 기억들이 내 존재의 의미를 선명하게 만
들어주기도 한다.

모든 것은 한순간이다. 당장은 시간이 천천히 흘러가는 것
처럼 보여도, 현 시점에서 지나온 날들을 돌이켜보면 짧게만
느껴진다. 먼 훗날 똑같이 지금 이 순간을 떠올려도 그런 기
분이 드는 건 마찬가지일 것이다. 무한한 우주의 긴 시간 앞
에서는 인간의 삶 자체가 하루살이보다 짧아서다. 그렇지만
허무하지는 않다. 비록 살아가는 동안에는 고통이 가득한
비극처럼 느껴질지 몰라도, 저 멀리서 보면 반짝이다 금세
어둠 속으로 사라지는 벌그스레한 불꽃일지도 모른다.

그래서 흔히들 말한다.

인생은 아름답다고.

# 내 마음속 수납장

컴퓨터는 참 빨라서 좋다. 많은 시간에 걸쳐 쓴 글도 바로 지울 수 있고, 불필요한 파일도 포맷하면 싹 정리된다. 나도 그럴 수 있다면 얼마나 좋을까. 뭐든 버리고 정리하는 일이 참 어렵다. 한번은 드라이버 하나를 찾느라고 집 안의 모든 수납장을 샅샅이 뒤져야 했다. 잡동사니가 워낙 뒤죽박죽으로 섞여 있던 탓에 찾는 데 한참 걸렸다.

이 일을 계기로 정리 정돈 기술을 체계적으로 배워보고자 정리수납전문가 자격증을 취득했다. 강의를 듣던 중 '수납공간은 항시 70%로 유지하되, 새로운 것들이 들어올 수 있도록 주기적으로 비워줘야 한다'는 말이 특히 인상 깊게 들렸다. 그동안은 사용하지 않는 물건인데도 나중에 쓸모가 생길지 모른다는 생각에 버리기를 참 힘들어했다. 그러다 보니 수납장들은 서서히 가득 채워졌고, 새로운 물건을 넣을 수 있는 자리가 없이 늘 비좁았다. 혹시나 하는 미련이 쌓이고 쌓여 만들어낸 결과였다. 불현듯 나의 내면도 마찬가지가 아닐까 하는 생각이 들었다.

마음의 방에는 3단으로 된 커다란 수납장이 있다. 제일 밑 칸에는 살아온 기억의 파편들이 보관되어 있다. 지난날에 대한 집착이 강할수록 현재의 조각이 들어갈 자리가 없다. 예전에 트라우마로 남은 끔찍한 기억과 누군가를 떠나보낼 수 없어서 오랫동안 그곳을 열지 않은 적이 몇 번 있었다. 지금을 충분히 만끽해도 아쉬울 시간을 미련하게도 이미 지나가버린 과거에 집중하며 허비해온 것이다.

두 번째 칸은 나와 유대를 맺고 있는 사람들이다. 마음 같아서는 많은 이와 함께하고 싶어도 시간이 한정적이다 보니 날로 공간이 협소하게 느껴진다. 처음에는 한 번 맺은 인연은 무슨 일이 있어도 끝까지 관계를 유지해야 한다고 믿었지만, 수납함이 닫기 어려울 정도로 가득해지자 생각을 바꿀 수밖에 없었다. 고민 끝에 아무리 애써도 맞지 않는 사람, 보이지 않는 곳에서 험담을 일삼는 사람, 뭐든 비꼬는 투로 무시하는 사람, 나를 피곤하게 만드는 사람 등, 진심이 통하지 않는 관계부터 정리했다. 다행히도 이 과정을 통해 조금씩 생겨난 공간에 더 좋은 인연이 들어올 수 있었다.

마지막으로 제일 위에는 가장 많이 열어보는 소망이 들어 있다. 모든 것을 다 이루고 싶어도 인간의 욕망은 한계가 있기에 '가능성이 높은 것'과 '이루기가 힘든 것'을 주기적으로 분류하는 편이다. 자신의 능력을 망각한 채로 이상만 높으면 그 고통은 고스란히 자기 몫으로 돌아오게 마련이다.

마음의 방만큼은, 과거와 현재가 차지하는 공간이 70이 되도록 관리할 필요가 있다. 또 다른 내일을 위해 30 정도는 비워둬야 한다.

## 그저 그렇게 살아도 괜찮아

모처럼 만난 옛 친구들과 추억을 안줏거리 삼아 술을 마셨다. 다들 이래저래 모이기가 쉽지 않다 보니, 그동안 밀린 이야기가 끊이지 않았다. 그중 가장 많이 했던 말은 '그러지 않았으면 좋았을 텐데'라는 탄식이 섞인 푸념이다. 사랑이 전부였다가 실연한 친구는 '차라리 그 시간을 나를 위해 썼다면 좋았을 텐데' 하고 후회하고, 순간의 즐거움을 우선시했던 친구는 감당할 수 없는 빚에 자책하고, 행복을 좇았던 나는 굳이 그럴 필요가 없었다며 푸념한다. 이미 벌어진 일을 두고 후회하고 자책하는 건 우리의 자연스러운 일상이나 다름없다.

연애든, 결혼이든, 사업이든 뭐든 이미 실패해본 적이 있다면 또 다른 시작에 도전하기가 참 망설여진다. 무엇보다 쓰라린 실패의 아픔이 떠올라 그 가능성을 만드는 것부터가

지레 겁이 난다. 누군가는 용기를 내라며 다독일지도 모른다. 정말 좋은 말이지만, 어떤 이들은 용기를 내서 불안정해지는 것보다 마음이 편안해지는 쪽을 택하기도 한다. 저마다 삶의 방식이 다를 뿐인데 그게 과연 나쁘다고만 말할 수 있을까. 나이가 들수록 자신이 경험했던 것들을 바탕으로 인식하기에, 우리는 결과론적으로 생각할 수밖에 없다. 제아무리 과정이 중요하다고 생각해본들 끝이 좋지 않으면 무슨 소용일까. 감정을 소모했던 시간이나 줄곧 노력해왔던 날들에 의미를 부여하는 일이 고작이다.

그날 밤 우리는
그저 그렇게 살아도 이제는 괜찮다며
조심스레 서로를 위로했다.

## 뜨겁지 않아도 좋아

푹푹 찌는 더위보다
숨 막히게 살아온 나날들

내리쬐는 햇빛보다
더 뜨겁게 살아온 나날들

이대로 가다가는
너무 더워, 목이 말라
쓰러질 것만 같아서

어떻게든 나의 온도를
낮춰야만 했다.

## 평정심

세상에는 지켜야 할 수많은 선이 있다. 널리 알려진 사회적 통념이나, 주관적으로 정해놓은 저마다의 기준이 있을 것이다. 그중에서 가장 중요한 것은 '감정의 선'이라고 생각한다. 인간관계는 경험을 토대로 방어기제를 발동해 어느 정도 거리를 유지하면 조절할 수 있지만, 감정은 나이를 먹어도 통제하기가 쉽지 않다. 솔직히 말해서 내 마음을 어떻게 장담할 수 있을까. 견디고 참을 수 있는 한계치를 올릴 수는 있어도, 불가항력 앞에서 결국 인간은 두 손 두 발을 다 들 수밖에 없다. 제아무리 살나가고 강한 척하는 이들도 마찬가지다. 강렬한 감정에 잠식당했을 때는 얼마나 선을 지킬 수 있는가가 관건이다. 여기에 따라 인생이 달라진다. 이때 선을 너무 많이 넘어버리면 더는 이전으로 돌아갈 수 없기 때문이다.

삶이란 정말 어렵고도 오묘하다. 뭐든 원하는 방향으로 흘러가지는 않으며, 기대했던 만큼 실망하게 되는 일도 있다. 게다가 원활한 관계를 맺는 일도 점점 힘겹게 느껴지고, 때론 타인에게 피치 못할 실수를 범하기도 한다. 그렇지만 이 모든 순간순간에 일희일비하다가는 정념(情念)에 사로잡혀 더욱더 괴로워질 뿐이다. 뭐든 조금은 멀찍이서 평정심을 가지고 바라보고 휘둘리지 않는 편이 좋은 것 같다. 고요하고 흔들리지 않는 단단한 마음이야말로 내 정신을 지켜준다.

## 가치의 비례

쉬이 손에 넣을 수 있는 것들은
감흥도 딱 거기까지다.

무엇이든 진정한 가치는
내가 원하는 만큼 다가오게 마련이니.

## 당연히 모를 수밖에

학창 시절에는 태풍이나 폭설 소식이 마냥 좋기만 했다. 이왕이면 학교를 쉴 수 있을 정도로 세차게 몰아쳤으면 좋겠다며 두 손 모아 기도할 정도였다. 당시에는 나뿐 아니라 모두가 한마음 한뜻이었다. 어쩌다 그 간절함이 하늘에 다다라 휴교령이 떨어지기라도 하는 날에는 마치 없던 자유를 선물받은 것처럼 모두가 흥분의 도가니에 빠졌다. 창밖에 몰아치는 세찬 폭풍이나, 설원을 연상케 할 만큼 새하얗게 뒤덮인 눈밭은 그야말로 아름다운 장관이었다. TV 속에서 들려오는 걱정과 곳곳의 피해 소식은 전혀 다른 세상의 이야기인 것만 같았다.

그로부터 오랜 세월이 흘렀다. 지금의 나는 아득하게만 느껴졌던 그 세상 속에서 살아가고 있다. 몇 해 전 눈이 내리던 날 절실히 체감했다. 이른 아침 일터로 가기 위해 차창에 수북하게 쌓인 눈부터 털어냈다. 장갑을 꼈음에도 손이 얼어붙을 것만 같았다. 운전도 녹록지 않았다. 미끌미끌한 빙판이라 브레이크가 밀리는 바람에 옆쪽에 있던 보도블록에 자동차가 살짝 긁히고 말았다. 하마터면 대형사고로 이어질 뻔한 사고였다. 저편에 삼삼오오 모여 해맑게 눈사람을 만드는 아이들이 보였다. 너무도 대조적인 내 모습과 옛 생각이 떠올라 만감이 교차했다. 정말이지 이제는 급격한 기후 변화가 하나도 달갑지 않다. 수확을 앞둔 농민들의 탄식과 손님의 발길이 뚝 끊긴 자영업자들의 한숨을 마음 깊은 곳에서 공감할 수 있게 되어서다.

무릇 사람이란 시점이나 처한 상황에 따라 생각이 변하는 것 같다. 돌이켜보면 그랬던 일들이 한둘이 아니다. '왜 그때는 알지 못했을까' 하는 아쉬운 후회 속으로 나를 가둬본들, 미래에도 똑같은 일은 반복된다. 어쩌면 우리가 인생을 두 번 살 수 없기 때문일지도 모른다. 그때였으니 당연히 모를 수밖에 없었던 거다.

유품


주말마다 J와 근교의 조용한 카페에 간다. 주로 둘 다 말없이 노트북으로 작업에 열중하다 보니 딸가닥거리는 키보드 소리만 들릴 때가 많다. 새해 첫날에도 J를 만났다. 그런데 웬일인지 J는 하던 것들을 멈추고 핸드폰을 꺼내 만지작대기 시작했다. 처음에는 별로 신경 쓰지 않았지만, 평소보다 안색이 좋지 않아 보여 침묵을 깨고 말을 건넸다.


"할 일이 산더미라더니 괜찮아?"

"한동안 바쁘다는 핑계로 연락 못 했던 지인들이 잘 지내는지 걱정돼서 안부를 묻는 중이야. 그래도 이렇게 새해라는 핑계로 인사할 수 있으니 좋은 거 같아."

"그러고 보니 나도 만나고 싶은 사람은 정말 많아. 다들 무탈하게 잘 지내고 있었으면 좋겠어."

"실은, 삼촌 생각이 나서……"

"아…… 자세히는 아니지만 너한테 얼핏 들은 적 있어."

"12년간 깜깜무소식이던 작은 삼촌이 돌아가셨다고 몇 달 전에 경찰서에서 전화가 왔어. 너무 놀라서 부모님과 함께 경찰서로 갔지. 가자마자 유가족이 맞는지 확인하려고 담당 형사가 사진 몇 장을 보여줬거든. 죽은 채로 4개월이 넘게 방치되다가 이웃 주민의 신고로 겨우 발견됐대. 남긴 유서는 한 장도 없었는데 국과수 부검 결과 사인은 자살이라고 하더라고."

뜻밖의 이야기에 당황한 나는 말문이 턱 막혔다. 뉴스로만 접할 때는 딴 세상 얘기같이 느껴지던 고독사를 친구를 통해 듣게 될 줄은 꿈에도 상상 못 했다. J는 조심스레 말을 이어갔다.

"가족들과 크게 다툰 후에 연락이 끊겼는데 이렇게 될 줄은 아무도 몰랐지. 내 기억 속의 삼촌은 생활력도 강하고, 타인에게 피해 안 주려고 노력하는 분이셨는데."

"가족과 그렇게 단절되고 나서 많이 암담하셨을 거 같아."

"조촐하게 장례를 치르고 유품을 확인하러 갔었거든. 복도식 아파트 통로를 지나서 현관문을 열었는데 얼마나 슬프던지. 아직도 눈물이 날 거 같아. 그렇게 삼촌의 자취가 묻어 있는 물건을 하나하나 정리하다가 꺼진 핸드폰을 봤어. 혹시나 하는 마음에 켜봤는데, 전화부에 저장된 번호가 별로 없었어. 문자도 온통 카드 결제 내역뿐이고. 그런데 있잖아, 죽기 직전에 마지막에 들렀던 곳이 맥도날드더라. 그 자리에서 한참 울었어. 그 누구도 삼촌에게 관심이 없었고, 찾으려 했던 사람도 없었던 거야."

J는 말끝을 흐렸고, 나도 모르게 눈시울이 붉어졌다. 너무도 묵직한 이야기에 짓눌려 아무 말도 해줄 수가 없었다.

"삼촌한테 꼭 해주고 싶은 말이 있어. 조카가 너무 늦게 찾아와서 미안하다고, 부디 그곳은 외롭지 않았으면 좋겠다고."

최근 우리 주변에는 한 번쯤 자살을 생각하는 사람들이 늘어나고 있다. 누군가는 그럴 용기로 더 꿋꿋하게 살면 되지 않느냐며 한심하다 혀를 내두를지도 모른다. 그건 어디까지나 제삼자라서 그렇게 말할 수 있는 것이 아닐까. 어떻게 보면 사는 것이 '죽고 싶다'는 생각을 실행에 옮기는 것보다 더 많은 용기를 필요로 할 수도 있다. 얼마나 고통스러웠으면 죽음을 택했을까. 그 아픔의 크기는 제각각 다르지만, 겪는 당사자의 입장에서는 자신이 견딜 수 있는 한계점을 넘어버린 것이 분명하다. 자살을 미화하고픈 마음은 추호도 없지만, 그런 결정을 내린 이의 마음을 헤아려볼 필요는 있다. 나도 자살로 떠나보낸 사람이 있기에 남 일같이 느껴지지 않는다.

어둠이 깔린 도시는 아름다운 야경을 뽐내고, 저 하늘에는 달과 별이 영롱하게 반짝인다. 하지만 눈물이 그렁그렁 맺힌 눈으로는 그 별이 보이지 않는다. 어쩌면 지금 우리 곁에도 누군가는 혼자서 아픔을 끙끙 앓으며 소리 없는 신음을 내뱉고 있을 수도 있다. 그 마음을 조금이라도 나눌 수만 있다면, 누군가의 생이 극단적인 결말로 치닫는 일이 조금은 줄어들지 않을까.

## 이성과 감성

제인 오스틴의 데뷔작 『이성과 감성』은 두 자매를 중심으로 이야기가 펼쳐진다. 제목 그대로 언니인 엘리너는 이성적인 반면에 동생인 메리앤은 감성적이다. 둘은 사랑 방식에서도 차이를 보인다. 엘리너는 사랑이라는 감정을 단계별로 발전시키기 위해 노력하지만, 메리앤은 자신의 생각을 숨기는 법이 없고 꾸밈없이 상대를 대한다.

나의 경우 이성보다는 감성에 취해 한 행동을 후회하는 경우가 많아서인지 엘리니 쪽이 더 잘 풀릴 것만 같았다. 하지만 예상은 보기 좋게 빗나갔다. 이 책에서 가장 인상 깊었던 점은 이로 인해 둘 다 고통을 겪게 된다는 것이다. 감성이 강하면 이성적인 판단을 하기 힘들고, 이성이 강하면 감정을 전달할 때에 그 무게가 실리지 않기 때문이다.

감성이 하나의 재밌는 단편영화라면 이성은 엔딩 크레딧이 올라온 후 이어지는 현실이다. 현실을 잊은 채로 영상에 몰입하다 보면 그 속에서 헤어 나오기가 쉽지 않지만, 막상 깨어나면 정신이 번쩍 든다. 인간의 시간은 이성과 감성의 경계에서 왔다 갔다 하는 것이다. 그러니 이성적으로 사는 것이 옳은 건지, 감성적으로 사는 것이 옳은 건지 논해본들 정답은 없다.

다만 어둠과 빛이 공존해야 그림도 입체적으로 보이듯, 어느 정도 조화를 이루는 편이 낫지 않을까.

## 인정하고 나니 편해진 것들

백날을 기다려도 돌아오지 않는다는 것을 뼈저리게 깨달았을 때, 생각지 못한 결과에 깊은 좌절을 맛봤을 때, 제아무리 부단히 노력해도 넘을 수 없는 벽임을 절실히 깨달았을 때, 그 어떤 위로도 결국은 자신이 변하지 않으면 부질없음을 느꼈을 때, 누군가를 성심성의껏 도와줘도 그 정성은 하나도 알아주지 않고 원망만 돌아올 때, 차디차게 얼어버린 것들을 그 어떤 온기로도 녹일 수 없을 때……

좌절과 상심이 컸던 만큼 되풀이하고 싶지 않은 마음에 전보다 쉽게 포기하는 일이 늘어만 간다. 솔직히 처음에는 이루 말할 수 없는 비애를 감당하기 힘들었다. 하지만 시간이 흐르고 나서는 달라졌다. 나를 옥죄고 있던 것들을 하나하나 놓아줌으로써 십 년 묵은 체증이 가라앉은 듯 마음이 한결 가벼워졌다. 이제는 안다. 마음만으로는 안 되는 것이 있음을, 모든 것을 다 잘하고 싶어도 여력이 안 되는 일이 있음을. '단념'을 통해 소중한 인연이나 나에게 좀 더 가능성 있고 가치 있는 일에 시간을 쏟고 싶다.

만일 삶이
봄이 오지 않는 겨울이라면

그 안에서 따뜻하게 사는 법을
터득하는 편이 나아.

# 아침이 온다는 것

잠자리에 눕자 온종일 쌓인 피로가 해일처럼 밀려온다. 나도 모르는 사이 스르르 잠이 들었던 것 같은데, 세차게 울려대는 알람 소리에 눈을 뜨니 또 아침이다. 여느 때처럼 억지로 무거운 몸을 비틀어 핸드폰을 확인하고는 안도의 한숨을 내쉰다. 항상 일어나는 시간보다 알람을 더 빨리 맞춰놓기 때문이다. 좀 더 꿀잠을 잘 수 있고, 늑장을 부릴 수 있어서 좋다. 찰나의 행복이라고나 할까.

한데 그리 오래가지는 못한다. 이내 두 번째, 세 번째 알람이 5분 간격으로 울려서다. 마지막 알람이 다가올수록 일어나야 한다는 강박에 정신이 번쩍 든다. 어쩌다 그 소리를 듣지 못해 늦잠을 자게 되는 날은 그야말로 번개처럼 후다닥 서둘러 나갈 채비를 마쳐야 한다. 남들도 다 똑같이 살 텐데, 한없이 게을러지고 싶은 이 마음은 어른이 되어서도 쉽게

고쳐지지 않는다. 그래도 새로운 아침을 맞이할 수 있다는
사실에 감사한다.

매일 반복되는 삶 속에서
당연하게 여겨지는 것들이
얼마나 소중한지는 이미 아니까.

## 세월의 벽

차를 몰고 본가에 갔다. 교차로에서 신호를 기다리던 중 초등학교 동창이 딸아이와 함께 횡단보도를 건너는 것을 보게되었다. 아장아장 걸어가는 모습에 자연스레 흐뭇한 미소가새어 나왔고, 한동안 시선을 떼지 못했다. 어렴풋이 옛 생각이 떠올랐지만, 아는 척을 할 수는 없었다. 세월의 벽과 현재의 고단한 처지가 반가운 마음보다 더 컸기에 쉽사리 용기가 나지 않았다. 이내 신호는 녹색으로 바뀌었고, 일면식도없는 타인처럼 스쳐 지나갔다.

돌이켜보면 몇십 년 만에 우연히 만난 이들이 꽤 있었다. 마치 어제 만난 것처럼 친밀하게 담소를 나눈 뒤에 서로 연락처를 주고받고 헤어졌지만, 실제로 만남이 이루어진 적은 거의 없다. 한데 우리는 "다음에 보자"라는 기약 없는 인사를습관처럼 계속 건넨다. 어쩌면 그 말속에는 저마다의 삶이

있기에 만남이 성사되기는 어렵다는 사실을 알지만, 마음만
은 그렇지 않다는 것을 내포하고 있을지도 모른다.

오랫동안 연락이 닿지 않았던
옛사람을 우연히 만나는 일은,
켜켜이 먼지 쌓인 추억을 다시금 꺼내 보는 일과 닮았다.
너무도 반갑지만, 다시 돌아갈 수 없는 시절을.

## 내 감정의 날씨에 따라

첫 문장이 떠오르지 않아 십 분 넘게 볼펜 단추만 딸가닥거렸다. 별안간 내 안에 있던 형체 없는 불안이 신경을 타고 전해져왔고, 피할 새도 없이 몸이 떨렸다. 목석처럼 가만히 있다가는 더 초조해질 것만 같아 노트를 덮고 집필을 멈췄다.

날씨가 수시로 변하듯 마음도 마찬가지다. 평온한 날이 이어지다가도 갑자기 먹구름이 잔뜩 몰려와 후드득후드득 장대비가 쏟아지기도 한다. 어느 정도 대비를 하여 버틸 수 있으면 좋겠지만, 감당할 수 없을 만큼 세찬 폭풍우가 몰아치면 무엇을 해도 잘 안 될뿐더러 기력마저 생기지 않는다.

하필이면 그날은 지인들과 오랜만에 만나기로 한 날이었다. 힘든 상태가 연일 이어지던 터라, 온전히 만남에 집중할 수 있을까 심히 우려되었다. 고민을 거듭하다가 이렇게 모이기도 쉽지 않다는 생각에 일단 약속 장소로 나갔다. 솔직히 처음에는 반가움 반, 사념 반이었다. 그런데 힘든 기색을 감추기 위해 괜찮은 척을 하면 할수록 내면에서 일렁이는 불안과 초조함은 커져만 갔다. 급기야 상대의 말을 경청하기도 힘들어져서 괜스레 미안했다. 정말 시간이 어떻게 흘러갔는지도 모르겠다. 다시 집으로 돌아왔을 때는 심신이 지칠 대로 지친 나머지 바닥에 주저앉아버렸다.

그렇게 폭풍 속에서 지내던 기간은 꽤 길었다. 되도록 중요한 만남 외에는 피했고, 혼자인 시간을 더 선호했다. 정작 내가 힘들어지니 친구의 하소연에도, 독자분의 고민에도 쉽게 답해줄 수 없었고, 급기야 아무것도 들을 수 없는 상태가 되어버렸다. 마음의 여유가 얼마나 중요한지 다시금 뼈저리게 느낀 것이다.

이제는 극복해야겠다.

견뎌야겠다.

이런 일차원적인 고민은 하지 않는다.


그저 생의 주체로서

내 감정의 날씨에 따라

할 수 있는 것들을 하면서

살아갈 뿐이다.

## 기억의 방

"요즘은 어떤 글을 쓰니?"

"지난날을 회상하며 원고를 적고 있어. 그때는 정말 감정의 소용돌이 속에서 헤맸는데, 지금은 잔잔한 바다 위에 떠 있는 느낌이랄까. 혹시 특별히 떠오르는 순간이 있어?"

"딱히 없어. 그렇다고 해서 특별하지 않았던 것은 아니야. 어쩌면 매 순간이 특별했던 건 아닐까. 지금 우리가 마주 앉아 대화를 나누는 순간까지도 말이야."

C의 말을 반박할 수가 없었다. 제아무리 평범하고 사소한 일상일지라도 어떠한 가치를 부여하느냐에 따라 달라질 수 있으며, 지나간 날들보다 지금이 소중한 건 너무도 당연한 이치였다. 이렇게 글을 쓰고 있는 이 순간도, 당신이 이 글을 읽고 있는 이 순간도, 달리 보면 특별할지 모른다. 떠오르는 과거에 사로잡혀 영혼이 그곳에 갇힌 순간부터는 현재는 그

저 껍데기에 지나지 않으니 말이다.

한데 말처럼 쉽지는 않다. 혼자 있을 때면 곧잘 지난날을 떠올리곤 한다. 그날도 그와 헤어지고 버스를 타고 돌아가는 길에 덜커덩 엔진 소리와 함께 회상에 잠겼다. 약주를 한잔 걸친 탓이었을까. 지그시 눈을 감자마자 수많은 날이 마치 드라마의 하이라이트 장면처럼 펼쳐지기 시작했다. 누군가에게 아낌없이 마음을 줬을 때, 또 그만큼 가슴 아린 상처를 받았을 때, 너무도 기쁜 나머지 환희에 찬 짜릿함에 젖었을 때, 여행을 가서 새로운 나를 발견했을 때, 심신이 지쳐 무기력의 늪에 빠졌을 때 등등 감정이 극에 달했던 순간들이었다.

나도 모르는 사이 시공을 초월하여 기억의 방에 갇히고 말왔다. 여기저기 널브러져 있던 지난날의 조각들이 하나하나 퍼즐처럼 맞춰져갔고, 알 수 없는 감정에 휘말려 기분이 몽롱해졌다. 바깥으로 나가기 위해 문손잡이를 쥐고 돌려보아도 굳게 닫힌 문은 꿈쩍도 하지 않았다. 꽤 긴 시간 동안 그곳에 머물고 나서야 겨우 정신을 차릴 수 있었다. 차창에 비친 나는 폭풍 같았던 기억을 곱씹던 내면과 달리 고즈넉해 보였다. 동시에 대조되는 모습이 마치 '기억하려는 자아'와 '망각하려는 자아'가 싸우는 것처럼 느껴졌다.

누가 이기는 게 좋을까.
가슴 깊이 새길 정도로 기억하는 게 나을까.
처음부터 없었던 일처럼 다 잊고 사는 게 나을까.
그저 흐르는 시간에 맡기는 게 나을까.

잘 모르겠다. 그렇지만 나이를 먹을수록 '망각하려는 자아' 가 힘이 더 세지는 것 같다. 창밖에 보이는 짙은 밤안개처럼 추억도 아득해질수록 안개가 짙게 끼고 흐릿해진다.

때로는 두렵다.
내가 나를 잊어버릴까 봐.

## 버티는 것만으로도


코로나바이러스가 인류를 덮쳤다. 매일매일 세계적으로 늘어나는 확진자 수와 참혹한 영상들은 우리를 공포에 떨게 했다. 전염병을 둘러싼 인물 간의 대립과 갈등을 다룬 고전 명작 『페스트』 속 이야기가 현실이 된 것이다. 역사적으로 봤을 때도 인류는 재난과 전쟁으로 인해 이보다 더 고통스러웠던 적이 많았는데, 이를 망각한 채로 그동안 참 편하게 살아왔다는 사실을 새삼 깨닫는다.

사람들은 마스크에 익숙해졌다. 자영업을 하는 지인은 손님들의 발길이 뚝 끊긴 탓에 울상을 짓고, 아이를 키우는 친구도 병원을 갈 수 없어서 걱정이 이만저만이 아니었다. 그러다 보니 한동안 안부 인사로 코로나 이야기가 빠지지 않았다. 당시 나도 마스크를 받으러 본가에 다녀왔는데, 혹시나 하는 마음에 지병이 있는 아버지를 밖에서 스치듯 만났다.

요양병원에 계신 어머니는 면회 금지로 인해 오랫동안 찾아뵙지 못하다가, 사회적 거리 두기가 어느 정도 느슨해졌을 때 겨우 만날 수 있었다. 방역 수칙에 따라 면회실에서 마스크를 쓰고 간단히 대화를 나누었다. 실은 이야기라 해봤자 내가 몇 살인지 손가락으로 하나하나 세어 알려준 것과 코로나가 뭔지도 모르는 어머니에게 건강을 조심하라고 재차 당부한 것뿐이었다. 예전에는 원망으로 가득했던 감정도 안타까움과 슬픔으로 변해버린 지 오래다.

문득 '가족이란 무엇일까'라는 생각이 들었다. 재작년과 작년에 외할아버지와 큰이모가 돌아가셨고, 저마다 사정이 있어 10년 넘게 어머니와 만나지 못했다. 어딘가 아득한 추억 저편에는 함께했던 시간이 있을 텐데, 애통하게도 이승에서는 마지막 인사조차 나누지 못한 채로 사별했다. 차마 그 사실을 전해줄 수가 없었다. 마스크 때문인지, 무거운 슬픔 때문인지 몰라도 너무 갑갑하여 조심스레 인사를 건네고 밖으로 나갔다. 맞은편에서는 정신을 차리라며 칼바람이 불어왔다. 이러나저러나 삶은 이어지고, 야속하게도 세월은 흐른다. 그 끝이 어떨지는 누구도 장담할 수 없지만, 때론 담담하게 버티는 것이 우선일 때도 있다.

뭐든 살아남아야 그다음이 있어서다.

## 다시 만난 어린 왕자

짐 정리를 하다가 흐른 세월만큼 제법 누르스름해진 『어린 왕자』를 발견했다. 옛 생각에 무심코 책을 펼치자 고이 접어 놓았던 페이지가 펼쳐졌다. 과거의 나를 마주한 기분이 들어서 흐뭇했다. 다시금 읽어보고 싶다는 생각이 피어올라서, 하던 일을 잠시 멈추고 바닥에 퍼질러 앉아 첫 장을 펼쳤다. 아니나 다를까 모자 그림이 나왔다. 생각할 필요도 없이 코끼리를 삼킨 보아 뱀처럼 보였다. 한 번 뇌리에 깊숙이 박혀버린 인식은 쉽게 사라지지 않나 보다. 차라리 모자로 보였으면 좋았을 텐데, 어느덧 훌쩍 커버린 지금은 어린아이처럼 이런 상상에 시간을 소모하지 않으니 말이다.

책장을 넘길수록 예전에는 무심코 지나쳤던 것들이 보이기 시작했다. 몹시 슬플 때는 석양이 지는 모습을 본다는 어린 왕자. 어떤 날은 마흔네 번이나 봤다는 구절에서 유독 가슴이 시렸다. 긴 하루 동안 저물녘은 길어봐야 수십 분이다. 도대체 얼마나 아팠기에 그렇게 자주 쳐다볼 수밖에 없었던 걸까. 어떤 사정이 있었는지 말해주지 않아서 더 애처롭게 느껴졌다. 정말로 무거운 슬픔은 타인에게 털어놓기보다 스스로 꾹 눌러 삼키는 경우가 많아서다.

세상에 단 하나뿐이라 소중히 여겼던 장미는 정원에 수두룩했다. 깊은 상실감에 흐느끼며 우는 어린 왕자에게 동질감을 느꼈다. 돌이켜보면 자신에게는 정말 특별했던 것들이 지나고 나면 아무것도 아닌 게 되어버리곤 했다. 괜스레 울적한 마음에, 장미가 세상에 하나뿐이라고 믿었던 시절 접어놓았던 페이지를 다시 돌려놓았다. 접었던 흔적은 남겠지만, 오랜 시간이 흐르면 기억조차 못 할 것이다.

만일 사막이든 어디든

어린 왕자를 만날 수만 있다면

아무 말도 하지 않고서 꼭 안아줘야겠다.


그는 우리늘의 초상일지도 모르니.

## 권태와 열망

쉬는 날도 없이 열정을 불태운 적이 있었다. 아침에 일어나 잠들기 전까지, 그야말로 눈코 뜰 새 없이 바빴다. 끼니를 거르는 일도 부지기수였고, 수면 시간도 부족하다 보니 종종 코피가 흘러 휴지로 틀어막기도 했다. 그럼에도 불구하고 감내할 수 있었던 이유는 언젠가 좋은 날이 올 것이라 굳게 믿었기 때문이다. 마음속에 그린 모든 것을 이루겠다는 갈망이야말로 삶의 가장 큰 동력이나 다름없었다. 하지만 노력한 만큼 결과가 좋아지기는커녕 냉혹하게도 상황은 더 나빠졌다. 결국, 나를 지탱하던 모든 것들이 한계에 다다라 삶의 균형이 무너졌고, 흔히들 말하는 번아웃이 찾아왔다.

기나긴 꿈에서 깨어나 마주한 현실은 너무도 암담했고, 이는 나를 깊은 무기력의 늪으로 인도했다. 그 속은 예상과 달리 아늑하고 따뜻했다. 노력한다고 해서 꼭 이루어지는 것도 아닌데, 차라리 그곳이 나을지도 모른다는 생각이 들었다. 이윽고 점점 깊숙이 빠지기 시작했고, 포근함이 온몸을 감싸자 나에게 무정한 바깥세상이 싫어졌다.

한동안은 이루 말할 수 없을 정도로 편안했다. 한데 진흙이 턱밑까지 차올라오자 이대로 가다가는 권태에 질식당할지도 모르겠다는 생각이 들었다. 다시 나가야겠다는 다급한 마음에 발버둥쳤지만, 몸이 쉽게 움직여지지 않았다. 그때서야 어째서 이 지경에 이르렀는지 깊이 고민하기 시작했다.

'왜 삶의 방향을 잃어버린 걸까.'
'어쩌다 여기에 표류하게 된 걸까.'
'내가 정말로 하고 싶은 게 뭘까.'

끊임없는 물음에 답을 찾는 일련의 과정은 곧 행동할 수 있는 의지를 만들어냈다. 그리고 조금씩 나에게 가치 있는 일을 시작하기 위해 다시 힘을 내자, 놀랍게도 그곳에서 벗어날 수 있었다. 무기력이라는 늪을 나오기 위해서는 어떻게든 삶의 의미를 찾아야 하는 것이다.

우리의 삶은 권태의 연속이라 말해도 과언이 아니다. 반복되는 삶의 흐름은 언제든 지루하게 느껴질 수 있으며, 새로운 시도를 해도 익숙해지면 단조로운 일상에 지나지 않는다. 열망이라는 동력을 잃어 달리는 것을 멈추게 되면, 언제든 기다렸다는 듯 찾아오는 권태를 항상 마주하게 된다.

여태껏 나는 수많은 권태와 맞서왔고,
앞으로도 그럴 것이다.

# 기억하되 연연하지 않기를

차를 몰고 집으로 돌아가던 어느 저녁, 추적추적 내리던 비가 갑자기 억수같이 쏟아지기 시작했다. 굵은 빗줄기로 인해 시야가 흐릿하게 어른거렸고, 망설일 틈도 없이 반사적으로 와이퍼 속도를 높였다. 거칠게 빗물을 닦아내는 와이퍼 소리에 정신이 번쩍 들었다. 앞이 보였다가, 희미해졌다가를 얼마나 많이 반복했을까. 조금씩 상황에 익숙해지자 긴장감도 점차 누그러졌다. 그 순간 잊고 지낸 오래전 어느 날이 떠올랐다.

그날도 비바람이 세차게 불었다. 엎친 데 덮친 격으로 비까지 쫄딱 맞는 바람에 물에 빠진 생쥐 꼴이나 다름없었다. 그런 와중에도 '지금 이 선택이 옳은 걸까'라는 고민은 떨쳐내지 못하고 있었다. 벗어나고픈 현실과 불안하게만 느껴지는 앞날이 숨을 쉴 수 없을 정도로 나를 옥죄어왔으니까. 그때는 정말이지 미래의 나에게 수없이 묻고 싶었다. 잘 살고 있는 건지, 꿈은 이루었는지, 행복한지, 곁에 있는 사람들과는 변함없이 잘 지내는지…….

당시엔 그저 공허한 속삭임에 불과했지만, 이제는 그때의 나에게 얼마쯤은 답해줄 수 있는 입장이 되었다. 솔직히 잘 살고 있는지는 모르겠다고, 고민은 언제나 그림자처럼 졸졸 따라다니고, 꿈과 행복은 추상적이니 여전히 어렵고, 곁에 있는 사람들이야 인연이면 남고 아니면 떠날 테니 관계에 너무 연연하지 말고 부디 네 자신을 챙기라고.

빗줄기가 약해지자 아련한 회상에서 서서히 깨어났다. 우리가 사는 오늘은 늘 과거와 현재 그 사이 어딘가에 머물러 있다. 인식하는 모든 것에는 기억과 감정이 묻어 있으며, 언제

어디서든 과거라는 비구름이 몰려온다. 기억을 상실하지 않는 한 비를 피할 수가 없기에, 현재를 살아가려는 의지가 박약할수록 그 빗속에 갇히고 만다. 내일을 살아가기 위해서는 과거에 대한 상념을 어느 정도는 통제해야 하는 것이다.

그러고 보면 하나부터 열까지 참 많은 것이 변했다. 그때와 달리 이제는 훗날의 내가 어떠할지 그다지 궁금하지 않다. 당장 내일도 장담할 수 없는 인생이니. 미래는 인간의 힘으로는 어찌할 수 없는 미지의 영역임을 요즘 들어 질실히 느낀다. 그저 우리는 세상에 대한 자신만의 믿음을 가짐으로써 불안감을 극복하려 애쓸 뿐이다. 다만, 더 나은 날들을 원한다면 과거를 지표 삼아 노력은 시도해봐야 한다. 거대한 현실의 벽을 넘을 수 있을지는 없을지는 결국 부딪혀봐야 알 수 있을 테니까.

나의 긴 글이 누군가가 짊어진 삶의 무게를 덜어줄 수는 없겠지만, 똑같은 감정의 파도를 겪는 이들에게 작은 위안이 될 수 있다면 좋겠다.

# 나는 가끔 내가
## ──싫다가도──애틋해서

**초판 1쇄 발행** 2021년 7월 21일 **초판 4쇄 발행** 2024년 11월 15일

**지은이** 투에고
**펴낸이** 최순영

**출판1 본부장** 한수미
**라이프 팀장** 곽지희
**편집** 곽지희

**펴낸곳** ㈜위즈덤하우스 **출판등록** 2000년 5월 23일 제13-1071호
**주소** 서울특별시 마포구 양화로 19 합정오피스빌딩 17층
**전화** 02) 2179-5600 **홈페이지** www.wisdomhouse.co.kr

ⓒ 투에고, 2021

ISBN 979-11-91766-44-8 03810